लक्ष्य प्राप्ति

जीवन के लक्ष्य पाने के सीक्रेट्स

डॉ. वेन डायर

हिन्द पॉकेट बुक्स
पेंगुइन रैंडम हाउस इम्प्रिंट

हिन्द पॉकेट बुक्स

यूएसए। कनाडा। यूके। आयरलैंड। ऑस्ट्रेलिया। सिंगापुर
न्यू ज़ीलैंड। भारत। दक्षिण अफ्रीका। चीन

हिन्द पॉकेट बुक्स, पेंगुइन रैंडम हाउस ग्रुप ऑफ़ कम्पनीज़ का हिस्सा है,
जिसका पता www.hindpocketbooks.com पर मिलेगा

पेंगुइन रैंडम हाउस इंडिया प्रा. लि.,
चौथी मंजिल, कैपिटल टावर 1, एमजी रोड,
गुरुग्राम 122002, हरियाणा, भारत

पेंगुइन
रैंडम हाउस
इंडिया

प्रथम हिन्दी संस्करण हिन्द पॉकेट बुक्स द्वारा 2012 में प्रकाशित
यह हिन्दी संस्करण 2019 में प्रकाशित

10 9 8 7 6 5 4 3 2

ISBN 9789353492786

मुद्रकः रेप्रो इंडिया लिमिटेड

www.penguin.co.in

FSC www.fsc.org MIX Paper from responsible sources FSC® C047271

This is a legitimate digitally printed version of the book and therefore might not have certain extra finishing on the cover.

अखबारों से....

डॉ. वेन डायर की लेखनी सीख देती है
कि सफलता मात्र एक संयोग नहीं है, यह हमारी सोच,
विचार व योजना का सार्थक परिणाम है।

वाशिंगटन पोस्ट

संकल्प, साहस, अनंत धैर्य, सहनशीलता एवं समर्पण से
व्यक्ति लक्ष्य प्राप्ति आसानी से कर सकता है,
यही वेन डायर की लेखनी का सारांश है।

कोलिन पॉवेल

जिज्ञासा से लेकर आत्मज्ञान तक की यात्रा कराने वाली
यह विश्व की एक सुन्दर पुस्तक है।

न्यूयॉर्क टाइम्स

डॉ. वेन डायर सरलता से आत्मज्ञान का
आभास कराने में माहिर हैं।

हिलेरी क्लिंटन

मनुष्य को ईश्वर का अंश सिद्ध करने एवं
ईश्वर में ही लीन होने की कला सिखाने वाली
यह पुस्तक अपने आपमें अनोखी है।

ट्रिब्यून

आत्मोत्कर्ष एवं आन्तरिक उन्नति के सरल नियमों
का खुलासा करती है यह पुस्तक।

मिशेल ओबामा

एक धरती जीवित प्राणियों की है
और एक धरती मृतकों के लिए है
और प्रेम ही इनके बीच का सेतु है,
केवल वही एक बचाव का मार्ग है,
एकमात्र ज्ञान।

द ब्रिज ऑफ सेन लुईस रे,
थॉर्नटन वाइल्डर

रीड ट्रेसी के लिए!

मैं बहुत कृतज्ञ हूं कि हमने एक साथ इस विज़न को बांटा...

क्रम

परिचय

मुझे हाल ही में हेस्टन सलोली – 'द जर्नी ऑफ सर लॉरेंस वान डेर पोस्ट' नामक प्रेरणादायक वृत्तचित्र देखने का अवसर मिला। सर लॉरेंस ने कालाहारी बुशमैन के साथ काफ़ी समय बिताते हुए उनके किस्से-कहानियों का संग्रह किया था। मेरे लिए उनकी असाधारण अंतर्दृष्टि को केवल थोड़े से वाक्यों में प्रस्तुत किया जा सकता है; यह एक ऐसी अनिवार्य इच्छा है, जो प्रायः सभी मनुष्यों के मन में होती है –

कालाहारी के बुशमैन दो तरह की 'भूख'
के बारे में बात करते हैं। वे कहते हैं
कि एक बड़ी भूख और एक छोटी भूख होती है।
छोटी भूख पेट के लिए भोजन चाहती है,
किंतु बड़ी भूख सारी भूखों में से बड़ी है,
वह है सार्थक लक्ष्य पाने की भूख...

केवल एक ही चीज़ ऐसी है जो मनुष्यों को काफ़ी
गहराई से कड़वाहट का उपहार दे सकती है, वह है –
उन्हें एक अर्थहीन जीवन जीने के लिए दे दिया जाए..
प्रसन्नता की तलाश करने में कोई बुराई नहीं है...
किंतु आत्मा के लिए थोड़ा और चैन व शांति
उस प्रसन्नता या अप्रसन्नता से कहीं बड़े होंगे...

और वही अर्थ है... क्योंकि अर्थ में ही सब समाया है...
जब आप कुछ ऐसा करते हैं, जो आपके लिए
मायने रखता है तो इस बात से कोई अंतर नहीं पड़ता...
कि आप प्रसन्न हैं या अप्रसन्न... आप संतुष्ट हैं – आप अपनी
आत्मा में अकेले नहीं हैं – आप से कोई तो संबंध रखते हैं।

(सर लारेंस वैन डेर पोस्ट, धीरे से तेज़*,
मिकी लेमले की फ़िल्म से)

यहां दी गई सबसे बड़ी भूख, ज्ञान को पाने की भूख ही है। 'लक्ष्य प्राप्ति' शीर्षक की पुस्तक और फ़िल्म दोनों ही आपको एक अर्थहीन जीवन से परे ले जाकर अर्थ व उद्देश्य से भरपूर जीवन तक ले जाने की यात्रा में साथ चलने का निमंत्रण देते हैं।

मैं कई वर्षों से स्वयं को तथा अनेक लोगों को उनकी उच्चतम संभावनाओं तक पहुंचाने के लिए सहायता दे रहा हूं। मैं इस संसार के करीब 70 देशों के दौरे कर चुका हूं और एक बात बिल्कुल साफतौर पर सामने आती है कि हम सभी अपने जीवन में कोई-न-कोई अर्थ व उद्देश्य चाहते हैं। इस पुस्तक में, मैंने उन सब बातों का उल्लेख किया है, जो चेतना की एक अवस्था व प्रबुद्ध सजगता तक पहुंचाती हैं; जो कि ज्ञान व लक्ष्य से परिपूर्ण जीवन को पोषण देती हैं।

जिस फ़िल्म के आधार पर यह पुस्तक बनाई गई है, जब वह पहली बार रिलीज़ हुई, तो इसे नाम दिया गया 'एंबीशन टू मीनिंग' (जिज्ञासा से आत्मज्ञान की ओर), हालांकि अनेक लोगों को यह पता नहीं चल पा रहा था कि इन शब्दों का क्या मतलब था या यह फ़िल्म

---

* Hasten Slowly

किस विषय पर थी। ऐसा लगता है कि शीर्षक ज़रा सा भ्रामक था, शायद इस बात का सूचक था कि मैंने कोई वृत्तचित्र बनाया है या अपने ही किसी भाषण को फ़िल्म के रूप में प्रस्तुत किया है।

लोकार्पण के लिए किए गए राष्ट्रीय दौरे के दौरान, जब फ़िल्म को कुछ चुने गए दर्शकों को दिखाया गया तो मैंने डायरेक्टर व एक्ज़ीक्यूटिव प्रोड्यूसर के सामने शीर्षक से जुड़े भ्रम के बारे में अपनी बात रखी। मैंने कहा, "मुझे यह फ़िल्म बहुत पसंद आई, किंतु यदि मुझे इसे पूरा करने का अवसर मिलता तो शायद मैं इसे एक अलग नाम देता। मैं इसे 'लक्ष्य-प्राप्ति' कहता, क्योंकि पूरी फ़िल्म के दौरान इस बारे में बात की गई है और यही एक इंसान को जिज्ञासा से आत्मज्ञान की ओर ले जाने के लिए चाहिए।" मुझे यह जान कर प्रसन्नता हुई कि डायरेक्टर और प्रोड्यूसर ने मेरी बात का मान रखते हुए, एक ही सप्ताह में फ़िल्म को नया नाम दे दिया। फिर भी हमने 'फ्रॉम एंबीशन टू मीनिंग' के शब्दों को प्राथमिकता देने का ख़्याल नहीं छोड़ा।

जब मैं विचार कर रहा था कि फ़िल्म के साथ बनी इस पुस्तक में इन चार शब्दों के अनिवार्य संदेश को कैसे प्रस्तुत करूं, तो गहरे ध्यान के बाद मुझे सूझ गया कि इन शब्दों को तो पुस्तक के संगठनात्मक ढांचे का ही एक हिस्सा होना चाहिए। यही अब आपके हाथों में (या आपके बुक रीडर पर) साकार रूप में है।

हम सबको वयस्कावस्था में इस शानदार मानव जीवन की यात्रा के दौरान कुछ बदलाव, परिवर्तन या रूपांतरण लाने पड़ते हैं। आशा करता हूं कि हम आम बदलावों से परे जाकर जीवन की चेतना में कुछ ऐसे परिवर्तन ला पाएंगे, जो हमारे जीवन को एक उद्देश्य से भर देंगे। अब मैं आपको बताता हूं कि इन शब्दों के माध्यम से मैं कहना क्या चाहता हूं!

हम सब जो पहला बदलाव लाते हैं, वह हमें अस्तित्वहीनता से अस्तित्व की ओर, आत्मा से आकार की ओर, अदृश्य जगत से भौतिक वस्तुओं, सीमाओं व पदार्थों के संसार की ओर लाता है, इसलिए पुस्तक के पहले अध्याय का शीर्षक रखा गया है **'जिज्ञासा'...**। मैंने अपने विनम्र तरीके (बेशक मैं संपूर्ण नहीं) से, उस अपरिभाषित को ऐसे शब्दों व वाक्यों के प्रयोग से प्रकट करने की चेष्टा की है, जो कि उनके वर्णन के प्रतीक मात्र हैं। खैर मैं इस निष्कर्ष पर पहुंचा हूं कि उस अदृश्य जगत से ही सभी वस्तुएं उपजती हैं और वहीं जाकर उनकी यात्रा समाप्त होती है।

अगले बदलाव को 'फ्रॉम टू एंबीशन' यानी एंबीशन (अभिलाषा) का नाम दिया है। यही हमारे दूसरे अध्याय का शीर्षक है **'जीवन की अभिलाषा'**। अभिलाषा या महत्त्वाकांक्षा ही वह चरण है, जहां हम अहंकार को अपना लेते हैं; जो कि आत्मा के उस रूप से कहीं परे है, जहां से हम आए हैं। इस संदर्भ में अहं ही हमारा झूठा रूप है।

यही दो प्रमुख व अनिवार्य परिवर्तन हैं; जिन्हें हमें इस मनुष्यता की यात्रा में लेना ही होता है। हममें से कई तो केवल इन्हीं दो बदलावों के साथ ही अपनी जीवन यात्रा के अंत तक आ जाते हैं। प्रायः यह महत्त्वाकांक्षा ही हमारे जीवन की कहानी का अंत बन जाती है। मैंने अपनी फ़िल्म व इस पुस्तक में प्रस्ताव रखा है कि हमारे पास दो और परिवर्तित चरण मौजूद होते हैं। जब हम उन्हें भी साथ लेकर चलते हैं, तो सर लॉरेंस के शब्दों में, 'उद्देश्यहीन जीवन' ही कहानी का अंत नहीं होता। हम सभी अहं द्वारा चालित दूसरे चरण को लांघ कर अगले बदलाव तक जा सकते हैं।

तीसरे अध्याय का शीर्षक है **'आत्मा की ओर वापसी'...**। यहां

आकर हमें एहसास होने लगता है कि हम अपने इस झूठे और नकली रूप से वापिस मुड़ते हुए अपने मूल की दिशा में प्रस्थान कर सकते हैं – या जिसे कि मैंने 'आत्मा की ओर वापसी' का नाम दिया है। जीवन यात्रा का यह नया चरण आत्मा की ओर वापसी है और उस अदृश्य दैवी तत्त्व के लिए निमंत्रण है कि वह आकर हमारे अहं के प्रभुत्व को हमेशा के लिए समाप्त कर दे। जब हम अपने जीवन के महत्त्व की ओर बढ़ते हैं, तो हमें इस यात्रा में अहं को अपने वश में करना आ जाता है। हम अपने जीवन का अर्थ व उद्देश्य पा लेते हैं, जो हमारे अपने ही अस्तित्व के स्रोत द्वारा पोषित होता है।

चौथे अध्याय में जिस बदलाव की बात कही गई है। वह है **'आत्मज्ञान'**। जब हम जीवितावस्था में ही अपने झूठे अहं को त्याग कर स्रोत की ओर वापिस चलते हैं तो नई मार्गदर्शिकाओं के साथ जीने लगते हैं। हम पाते हैं कि इस भौतिक जगत के नियम अनिवार्य रूप से उद्देश्य की उपस्थिति में लागू नहीं होते, जो हमें स्रोत की ओर ले जाने का प्रोत्साहन देता है। जीवन के रंगमंच पर नए-नए चमत्कार व समकालिक घटनाएं घटने लगती हैं। वास्तव में अर्थ अब हमारे अस्तित्व के सभी क्षणों को नए सिरे से परिभाषित करता है।

मेरे अनुभव के आधार पर, दुर्भाग्यवश, अहं की महत्त्वाकांक्षा ही अनेक जीवनों का अंतिम उद्देश्य बन जाती है – यद्यपि हमें ऐसे संकेत मिलते हैं कि वे दो अतिरिक्त बदलाव हमें अहं के भ्रामक आरामदायक दायरे से बाहर निकाल सकते हैं। हम तीसरे बदलाव के दौरान अपनी चाल बदलकर स्रोत की ओर वापसी कर सकते हैं। फिर चौथे बदलाव में, हम अर्थ व उद्देश्य से भरपूर ऐसा जीवन पा जाते हैं, जो हमारी महत्त्वाकांक्षा को नए सिरे से समर्पित करते हुए हमारे असली स्वरूप की संपूर्णता तक ले जाता है। जब हम सजग

भाव से आकांक्षा से आत्मज्ञान की ओर चलते हैं, तो अपनी ओर से कुछ भी करने में सक्षम हो जाते हैं। हम अपने व्यक्तिगत जीवन को रूपांतरित कर सकते हैं और अतिरिक्त लाभ के तौर पर अपने इस पवित्र ग्रह की नियति को भी प्रभावित कर सकते हैं।

आपकी ओर प्रेमधारा प्रवाहित करते हुए

डॉ. वेन डब्ल्यू. डायर

मोई, हवाई

अध्याय

1

जिज्ञासा

"और आत्मा आपके शरीर की वीणा है,
यह आप पर निर्भर करता है
कि आप इससे मधुर संगीत निकालते हैं
या उलझे हुए कुछ सुर!"

खलील ज़िब्रान

जहां तक मैं याद कर सकता हूं, बचपन से मेरा स्वभाव मननशील रहा है। जब मैं एक छोटा बच्चा था, तो जीवन के बारे में कुछ ऐसे सवाल करता था, जिनके शायद ही कभी कोई ठोस उत्तर मिल पाते थे। मैं अपने भाई डेविड के साथ जिस पालनगृह में रह रहा था, वहां की देखरेख मि. स्कार्फ व उनकी पत्नी करते थे, पहले-पहल जब श्रीमती स्कार्फ ने मुझे और डेविड को बताया कि उनके पति मर गए हैं, तो हमारा ध्यान उस दुःख से हटाने के लिए हमारे हाथ में एक-एक केला थमा दिया गया। मैंने तुरंत पूछा, "वे वापस कब आएंगे?" उनके एक शब्द के उत्तर ने मुझे उलझन में डाल दिया। वे बोलीं, "कभी नहीं।" उन्होंने अपने बूढ़े चेहरे से आंसू पोंछते हुए ये शब्द कहे। मैं फटाफट बिस्तर के ऊपर बनी अपनी जगह पर गया, केला छीला और साथ ही यह सोचने लगा कि 'कभी नहीं' शब्द से उनका क्या मतलब था? मैंने शुरुआत और अंत की कल्पना की; जैसे पहले दिन निकलता है और फिर रात आती है। मैंने मि. स्कार्फ के काम पर जाने और शाम को लौटने के बारे में सोचा। मैंने अल्पविकसित रूप में कारण व प्रभाव को जाना। पेड़ों पर लगे फूलों के सेब या चैरी फल बनने के बारे में सोचा, किंतु मैं यह पता नहीं लगा सका कि मि. स्कार्फ कैसे वापिस नहीं आ सकते थे। मैं उस समय प्राकृतिक बहाव के बारे में ही जानता था, इसलिए यह अनुभव मेरे लिए पूरी तरह से हिला देने वाला रहा। मैं अपने बिस्तर पर लेटा-लेटा छत को घूरता रहा और यह जानने की कोशिश करता रहा कि मि. स्कार्फ हमेशा के लिए कैसे जा सकते हैं?

जब भी मेरे मन में यह विचार आता कि वे लौट कर नहीं आने वाले हैं, तो पेट में अजीब सी गुड़गुड़ाहट होने लगती। फिर मेरे विचार बदले और मैं कुछ ऐसी बातों के बारे में सोचने लगा, जो काफ़ी हद तक मेरी सोच के दायरे में आ सकती थीं, जैसे – 'हमें रात का खाना कब मिलेगा?' या 'मेरा वैगन (टैंपो) कहां है?', पर मेरा प्राकृतिक जिज्ञासु मन इस 'हमेशा के लिए' जैसे रहस्यमयी और गूढ़ शब्द के बारे में लगातार उलझा ही रहा। पेट में डर के मारे जो महसूस हुआ था, उसे मैं आज इन शब्दों को लिखते समय भी महसूस कर सकता हूं।

मि. स्कार्फ की मृत्यु के बाद मैंने करीब 34 पुस्तकें लिखी हैं और एक आध्यात्मिक जीवन जीने के सार पर हजारों भाषण भी दिए हैं, पर आज भी जब बचपन के उन पलों को याद करता हूं, जब मैं एक शरीर के बिना जीवन के अर्थ को जानने का प्रयास कर रहा था; तो एक अजीब-सा एहसास मन में जाग जाता है।

मैं पिछले कई सालों से एक वक्ता और लेखक के रूप में अपनी गतिविधियां जारी रखे हुए हूं और साथ ही उन सवालों के जवाब पाने में भी जुटा हूं, जिन्हें मैं 'बड़े प्रश्न' कहता हूं। मैंने पूर्व और पश्चिम के (प्राचीन व आधुनिक) दार्शनिक गुरुओं का अध्ययन किया है, जिन्होंने न केवल जीवन के सत्यों को खोजा, बल्कि उनके अनुसार जीए भी – वे सत्य जिन्हें आज हम अपनी आध्यात्मिक विरासत मानते हैं। मुझे उन प्रश्नों पर मनन करना अच्छा लगता है, जो जाने कब से मानवजाति को छलते आ रहे हैं, शायद यह दर्ज इतिहास से भी पहले की बात है।

जीवन का यह परम रहस्य मेरे लिए सदा ही आकर्षण और उत्तेजना का कारण रहा है। मुझे उन प्रश्नों के उत्तर तलाशने में

आनंद आता है, जिनके उत्तर किसी के पास नहीं हैं, किंतु मुझे इस पहेली के साथ रहने से शांति का अनुभव भी होता है ।

उनमें से एक बड़ा प्रश्न है – 'मैं कौन हूं?' उत्तर का एक अंश यह है कि मैं एक शरीर हूं, जिसके लक्षण व विशेषताएं पहचाने जा सकते हैं। हां, मेरा एक नाम है, प्रतिभा व उपलब्धियां हैं, परंतु मैं जो हूं, उसमें एक अमूर्त उपस्थिति भी शामिल है, जो कि मैं जानता हूं कि मेरा ही एक हिस्सा है। मेरे उस पहलू की कोई जानी-पहचानी सीमाएं या दिखाई देने वाला रूप नहीं है। उस अभौतिक पहलू को मैं 'मन' का नाम दे सकता हूं, जो कि अपने असंख्य अदृश्य विचारों के साथ मेरे भौतिक शरीर में रहता है।

'मैं कौन हूं?' इसके लिए मेरा व्यक्तिगत उत्तर है – सवाल यह पैदा होता है कि मैं सब कुछ रचने वाले उस सत् का एक अंश हूं, जिसे हम ईश्वर, आत्मा, स्रोत, ताओ व दिव्य मन आदि नामों से जानते हैं। फिर भी मैं न तो इसे देख सकता हूं और न छू सकता हूं, मैं जानता हूं कि मैं इसका एक हिस्सा हूं, क्योंकि मैं भी उसी की तरह होऊंगा, जिस स्रोत से मैं आया हूं – और मैं जहां से आया हूं, वह एक आकारहीन शून्य है, जो आकार में प्रकट होता है। इस प्रकार मैं दोनों ही हूं, एक अदृश्य आत्मा, जो कि सबका स्रोत है और साथ ही वह आकार, जो उस अदृश्य की ओर लौटने के लिए ही बना है। स्रोत कुछ और भी बड़े प्रश्न हैं, जिनसे मैं अक्सर उलझता हूं; जैसे – मेरे रूप या आकार की मृत्यु के बाद क्या होता है? मेरे जीवन का उद्देश्य क्या है? 'हमेशा के लिए' कैसा दिखाई देता है? ईश्वर क्या और कौन है? मैं यह दिखावा नहीं करता कि मेरे पास इन प्रश्नों के निश्चित उत्तर हैं। यदि लाओत्से, सुकरात, बुद्ध, रूसो, डेस्क्रेट, आइंस्टाइन, स्पीनोज़ा, सेंट फ्रांसिस, रुमी, पतंजलि, गोथे, शॉ, विटमैन या टेनीसन जैसी महान

आत्माएं भी इन प्रश्नों के सुनिश्चित उत्तर पाने में असफल रही तो मैं भी संभवतः इस एक पुस्तक में या एक जीवन में इन सभी रहस्यों से पर्दा नहीं उठा सकूंगा। मैं आपको केवल अपने अध्ययन, जीवन, स्रोत से एकाकार होने के ठोस प्रयासों से उत्पन्न बुद्धि और इस भौतिक जगत में सबके स्रोत से जुड़ी जानकारी के आधार पर केवल अपनी व्याख्या दे सकूंगा।

अब तक, जहां तक मुझे याद है; एक प्रश्न लगातार मुझे छलता आया है कि मैं कौन हूं? मेरा उद्देश्य क्या है? मृत्यु के बाद क्या होता है? ईश्वर क्या और कौन है? आदि सवालों से भी जो परे है, वह है इस अध्याय का शीर्षक – 'जिज्ञासा', यानी मैं कहां से आया? मेरे लिए तो सही मायनों में यही आज तक सबसे बड़ा प्रश्न रहा है।

मैं कहां से आया?

जब मैं उन घटनाओं के बारे में सोचता हूं, जो 1940 में मेरे जन्म से पहले इस पृथ्वी ग्रह पर घट चुकी थीं, तो मेरे मन में एक ही विचार आता है कि मां की कोख में आने से पहले, 1939 में मैं कहां था? जब धर्मयुद्ध हो रहे थे तो मैं बारहवीं और तेरहवीं सदी में कहां था? मैं 2500 ई.पू. में कहां था, जब पिरामिड बनाए जा रहे थे? इस ग्रह पर मनुष्यों के आगमन से भी करोड़ों साल पहले मैं कहां और क्या था, जब यहां डायनासोर विचरते थे। ऐसे ही प्रश्नों के बारे में बार-बार मनन करने से मुझे विज्ञान के उस अंश के अध्ययन की प्रेरणा मिली, जो यह बताता है कि वस्तुएं अपने आकार व रूप में कैसे आईं? हालांकि मैं किसी भी लिहाज़ से इस क्षेत्र में कोई विशेषज्ञ नहीं हूं, किंतु मैंने यह सीखा है।

मैंने यह समझा है कि क्वांटम भौतिकी इस तथ्य को वैज्ञानिक पहुंच से परे मानती है कि सबसे छोटे उप परमाणु स्तर पर भी कण स्वयं कणों से नहीं उपजते। इसका मतलब पदार्थ किसी ऐसी वस्तु से उपजता है, जो आकारहीन है। वैज्ञानिक पदार्थ को उत्पन्न करने वाले उस आकारहीन तत्व को 'ऊर्जा' कहकर पुकारते हैं। अपदार्थ ऊर्जा ने ही उस कण को पैदा किया है, जिससे कि आज मैं बना हूं। मैं इसे ऊर्जा का आकार के रूप में बदलना मानता हूं और जब आप इस पुस्तक को आगे पढ़ेंगे, तो उन बदलावों को भी जानेंगे, जो आपने 'आज जहां भी हैं और जो भी हैं' बनने के लिए अपनाए हैं।

मैं उस नन्हे से मनुष्य प्रोटोप्लाज़्म के बारे में सोचता हूं, जो कि मेरे लिए मनुष्यता का पहला कण था – जो कि एक तरह के भविष्य खिंचाव का एक हिस्सा था; जो एक भ्रूण, एक शिशु, एक घुटनों के बल चलने वाले बालक, एक नन्हे लड़के, एक किशोर, एक युवक, एक परिपक्व वयस्क, एक अधेड़ पुरुष और एक ऐसे व्यक्ति के रूप में बदला जो पिछले करीब सत्तर सालों से ज़िंदा है। वे सभी बदलाव उस उत्पन्न करने वाली ऊर्जा में पहले से शामिल थे, जो पहले एक सूक्ष्म कण में बदली और फिर मैं बना।

यह सोचना तो मेरी कल्पना से भी परे है कि किस तरह मेरे नैसर्गिक अस्तित्व में बदलने के लिए एक चमत्कारी रहस्य घट सकता है, परंतु मैं मानता हूं कि यह मेरे द्वारा कुछ करने की योग्यता से परे बिल्कुल स्वतंत्र है; मैं केवल इस विकास का साक्षी बन सकता हूं। मैं सही मायनों में सचमुच कुछ नहीं कर रहा। यह कहना ज़्यादा सही रहेगा कि सब को उत्पन्न करने वाली जो ऊर्जा कुछ भी करती दिखाई नहीं देती, वही सब कुछ कर रही है, कुछ भी ऐसा नहीं

बचता जो किया न गया हो तो कण के रूप में मेरा पहला अनुभव, वह नन्हा सा अतिसूक्ष्म बिंदु कहां से आया?

याद रखें कि क्वांटम भौतिकी हमें बताती है कि कण कणों से पैदा नहीं होते। यदि हम उस मूल कण को उसके उप-परमाणिक स्तर तक भी घटा दें तो यह गुणसूत्र, परमाणु और उस परमाणु के इलेक्ट्रॉन से भी छोटा होगा और यहां तक कि उप-परमाणु कण भी एक मूल भौतिकी कण कहला सकते हैं। वैज्ञानिकों ने मेरे मूल बिंदु के आकार जितने मूल भौतिकी कण को कण त्वरक में रखा और परिक्रमण को 250,000 मी. प्रति घंटा तक की गति प्रदान करने के बाद दूसरे मूल भौतिकी कण से टकराया। नतीजा? वहां कुछ नहीं था। ऐसा जान पड़ता है कि एक से दूसरे वस्तु में रूपांतरण के समय कुछ नहीं बचता। या जैसा कि मैं कहता हूं "नोव्हेयर से नाउ हेयर तक" इस संसार में जो कुछ भी उस शक्ति से जन्मा है, वह शुद्ध आकारहीन ऊर्जा है, कोई कण नहीं हैं।

आधुनिक भौतिकी उत्पत्ति की गूढ़ मीमांसा को सुनिश्चित करती है; जो कि हमें यह बताती है कि सब कुछ ईश्वर से जन्मा है और सब अच्छा थी। इसी तरह, ताओ ते चिंग हमें बताता है कि सारा अस्तित्व अस्तित्वहीनता से ही जन्मा है। इस प्रकार हम कहां से आए हैं, के प्रश्न का उत्तर भौतिकी और गूढ़ मीमांसा, दोनों से इसी रूप में मिलता है। वे दोनों ही निष्कर्ष देते हैं कि हम किसी ऐसी चीज़ से जन्मे हैं, जिसका कोई आकार नहीं है, कोई सीमाएं नहीं हैं, कोई आदि नहीं है और कोई तत्व नहीं है। हम सभी अनिवार्य रूप से आध्यात्मिक जीव हैं और अस्थायी मानव अनुभव रखते हैं। यह हमारा सार है। हम यहीं से आए हैं और अंत में हमें यहीं जाना भी है।

हम वही हैं, जहां से हम आए हैं

'लक्ष्य-प्राप्ति' के मूवी संस्करण में, मैंने अनेक पात्रों से इस प्रमुख धारणा के बारे में संक्षिप्त चर्चा की है – इस भौतिक जगत में हर वस्तु उसके जैसी ही दिखती है, जहां से वह आई है, इसमें हममें से प्रत्येक भी शामिल है। फ़िल्म में मैं प्लेट में रखे एप्पल पाई के स्लाइस को दिखाकर पूछता हूं कि "पाई का यह टुकड़ा दिखने में किसके जैसा है?" बेशक उत्तर भी यही मिलता है कि "टुकड़ा एप्पल पाई जैसा ही है, क्योंकि यह उसी का एक हिस्सा है।" यदि हम रक्त के नूमने की जांच वाला उदाहरण लें तो यह भी सबके लिए जानी-पहचानी सी बात होगी। रक्त से भरी छोटी-सी सीरिंज से डॉक्टर पूरे शरीर की रक्तापूर्ति का अनुमान लगा लेते हैं। क्यों? क्योंकि जहां से नमूना लिया गया, वह सारा रक्त शरीर के बाकी रक्त जैसा ही होगा। दूसरे व्यक्ति के रक्त का भी ग्रुप भले ही अलग हो, लेकिन तत्व सबके समान होते हैं।

मैं इस तर्क को आपके व अपने तक ले आता हूं। चूंकि मैं अपने माता-पिता से नहीं आया हूं, इसलिए यह तार्किक तौर पर आवश्यक नहीं कि मैं उनके जैसा ही दिखूंगा। चूंकि मैं अपनी सभ्यता, धर्म या इस जगत की किसी भी वस्तु से नहीं आया, इसलिए यह ज़रूरी नहीं कि मैं अपने आसपास के माहौल या समाज जैसा होऊंगा। चूंकि मैं एक अदृश्य ऊर्जा स्रोत से आया हूं, जिसे हम ईश्वर, ताओ या दिव्य शक्ति का नाम देते हैं तो मैं भी उनके जैसा ही होऊंगा। मेरा अपनी पैदाइश के बारे में यही निष्कर्ष है कि मैं एक आत्मा से जन्मा हूं और मेरा सच्चा सार यही है कि मैं वही हूं, जहां से मैं आया हूं। मैं ईश्वर का एक दिव्य अंश हूं। मैं प्रथम हूं और सदैव एक ऐसा आध्यात्मिक अस्तित्व रहूंगा, जो अपने स्रोत के संपर्क में रहता है।

रॉबर्ट बर्न्स ने सन् 1791 में लिखी एक कविता 'नव वर्ष दिवस' में इस बात को बड़े ही भावप्रवण शब्दों में व्यक्त किया है –

प्रकृति तेज़ आवाज़ में चिल्लाती है,
और आकाश से भी अनेक संदेश आते हैं,
कि हमारे भीतर है कुछ ऐसा जो कभी नहीं मरता।

...क्योंकि जो आकारहीन है, उसे तो कभी कोई नष्ट कर ही नहीं सकता। सभी जीवों का यह आकारहीन रूप शाश्वत भाव से बिना किसी आदि या अंत के चलता ही रहता है। सच तो यही जान पड़ता है कि हमारा सार अमर है और केवल यह भौतिक शरीर ही जन्म और मृत्यु के चक्र में आता-जाता है। हम जिसे जन्म और मृत्यु कहते हैं, सही मायनों में वे दोनों एक ही सिक्के के दो पहलू हैं, जिन्हें आपस में अलग नहीं किया जा सकता; जैसे कि दिन और रात! मैं कहां से आया हूं? यह प्रश्न इस भौतिक शरीर 'मैं' के लिए किया जाता है, किंतु वह भौतिक पहलू भी कुछ न होने में ही उपजता है।

हम सब बिल्कुल महान ताओ या ईश्वर की तरह हैं और हमारे पास चुनाव की आज़ादी भी है। हमारे कुछ चुनाव, जो स्रोत से हमारे संपर्क को जोड़ते हैं, वे दूषित और जर्जर हो गए हैं। उनमें से एक चुनाव यह मानता है कि हमारे भौतिक स्व से ईश्वर को प्रकट करना ही अंतिम बिंदु है; यह इस उपहार को प्रकट करने का अवसर नहीं है। इस प्रकार, हम ईश्वर को अपने से परे धकेल देते हैं और अहं पर आधारित जीवन जीने लगते हैं। इस दार्शनिक यात्रा में सीखने वाला सबक यही है कि हमें एक आध्यात्मिक जीवन के

रूप में अपने अस्तित्व को पहचानना है, जो कि शाश्वत है और जन्म व मृत्यु दोनों से ही परे है।

हमारा भौतिक स्व ऊर्जा या हमारे आध्यात्मिक सार का ऊर्जा के रूप में प्रकटीकरण है, हमारा यथार्थ स्व बहुत ही स्नेह से हमारे ऐंद्रिय अनुभवों को निखारता है। उस अनिवार्य प्रकृति से पूरा तालमेल बिठाने के लिए, हमें समर्पण भाव से इस ऊर्जा को प्रकट करना चाहिए और अपने पवित्र चुनावों के लिए सजग रहना चाहिए। कुछ व्यक्तियों के लिए, यह ऐसा ही होगा मानो वे ईश्वर की तरह होते हुए भी अस्थायी रूप से अपने शरीरों में रह रहे हैं; दूसरों के लिए, यह आकार में सौंदर्य, उद्देश्य व बुद्धि के साथ ईश्वर जैसे भाव रचने जैसा होगा।

भौतिक आकार में मनुष्य की यात्रा समाप्त होते ही वह फिर से अपने स्रोत से जा मिलता है। हम उस यात्रा में हैं, जिसके लिए लाओत्से ने ताओ ते चिंग के 40 वें पद में कहा है – "वापिस लौटना ताओ की ही गति है।" 'लक्ष्य-प्राप्ति' के मूवी संस्करण में मैंने टी एस इलियट की 'लिटिल गिडिंग' की पंक्तियां ली हैं –

हमें अपनी तलाश नहीं रोकनी चाहिए
और हमारी हर तलाश के अंत में
हम वहीं पहुंचेंगे, जहां से हम चले थे
और उस स्थान को पहली बार जानेंगे।

परंतु इससे पूर्व कि हम इस भौतिक शरीर को त्यागें और वापसी की इस यात्रा को पूरा करें; हम अपने स्रोत के जैसा होने की कल्पना करते हैं, उसके ही जैसा बनने का प्रयत्न करते हुए अपने मूल स्वभाव

को समझने का आरंभ कर सकते हैं। हमें किसी-न-किसी रूप में अपने उस स्रोत को कल्पना की दृष्टि से स्पष्ट रूप में देखना एवं सीखना होगा, जानना होगा कि वह कैसे सोचता है, महसूस करता है या फिर व्यवहार करता है। अपने स्रोत के बारे में यह जानने पर ही हम अपने असली रूप को जान सकेंगे।

मैं कहां से आया? इस उत्तर को जानने में यह भी शामिल है कि हम बाकी सभी बातों से परे जाकर एक ऐसे नज़रिए के साथ जीने लगें, जो हमारे मूल स्वभाव से मेल खाता हो। हमें निश्चित रूप से अपने स्रोत की आध्यात्मिक प्रकृति जैसा बनना चाहिए। उस दिव्य चेतना के भाव को पहचान कर, जो कि हमारा भौतिक स्व ही है, बदले में हम यह चुनाव कर पाते हैं कि उस दिव्य आत्मा को कैसे प्रकट किया जाए?

आत्मा दिखने में कैसी है?

आध्यात्मिक अंश से ही उपजने के बावजूद हमारा भौतिक जगत बहुत अधिक आध्यात्मिक नहीं जान पड़ता। हेनरी वड्सवर्थ लांगफैलो ने अपनी एक कविता "जीवन का संगीत" में इसी दुविधा को व्यक्त किया है –

जीवन यथार्थ है, जीवन सच्चाई है!
और कब्र ही इसका लक्ष्य नहीं है,
ऐ धूल, तुझे धूल में ही आ मिलना है,
आत्मा से यह नहीं कहा गया था।

कवि आपके और मेरे जीवन की बात कर रहा है, जो कि भौतिकता से कहीं परे है, जिसे उसने धूल के रूप में व्यक्त किया

है। हम सभी स्वयं को अपनी इंद्रियों से जितना पहचानते हैं, उससे कहीं अलग हैं। हमारे अनिवार्य सार – हमारी आत्मा के लिए कब्र जैसा कोई स्थान नहीं है, किंतु हम इसका अपमान करते हुए इसके संपर्क से छूट सकते हैं। वास्तव में, जीवन के विभिन्न चरणों में हम सभी के सामने ऐसी परिस्थितियां आती हैं, जब हम अपने भौतिक स्व के हाथ में ही सारा उत्तरदायित्व सौंप देते हैं।

मुझे अपने पसंदीदा कवियों में से रवींद्रनाथ टैगोर भी विशेष रूप से प्रिय हैं; उन्होंने अपने जिस विचार को दो छोटी पंक्तियों में प्रकट कर दिया, वह हमारे लिए एक महत्त्वपूर्ण आध्यात्मिक पाठ था –

ईश्वर मुझमें अपने अनुचर या नौकर को नहीं
स्वयं को देखना चाहता है, जो सबकी सेवा करता है।

हमें स्वयं से यह महत्त्वपूर्ण प्रश्न अवश्य पूछना चाहिए – “क्या अब मैं ईश्वर की तरह हूं? क्या मैं उनके समीप जा रहा हूं? या फिर मैं अब भी वही हूं?”

यदि आत्मा ही हमारा सच्चा सार है और हम यह विश्वास रखते हैं कि हम वहीं से आए हैं, तब तो मुझे लगता है कि स्वयं को अपने इस प्रामाणिक अंश से जोड़ पाना इतना कठिन नहीं होगा। इस काम को करने का एक तरीका यह हो सकता है कि हमारी कल्पना में हमारा रचनात्मक स्रोत कोई आकार लेने के बाद जिस तरह सोचता है व कार्य करता है; हम स्वयं भी अपने विचारों व कर्मों को उसी दिशा में मोड़ लें। हमें स्वयं को काफी हद तक वैसा ही बनाना है, जैसे कि हमारी आत्मा है। चूंकि हम वहीं से आए हैं; भले ही हमने वर्षों से इसे अनदेखा किया हो, परंतु यह दिव्यता ही हमारा भाग्य है। ताओ या महान ईश्वर, जिसके हम सभी एक अंश हैं; वह बड़ी व्यग्रता से

प्रतीक्षा कर रहा है कि हम भी उसके जैसे बन जाएं। मैं कल्पना करता हूं कि यदि सब कुछ रचने वाली आत्मा को सचमुच हमें पाने की चाह है, तो वह हमें स्वयं ही इसका एहसास करा देगी।

"द क्वाइट माइंड : सेईंग्स ऑफ व्हाइट ईगल" में इसका एक प्रेरणादायक उदाहरण देखने को मिलता है –

> मनुष्य के उद्‌भव की इस महान योजना के प्रति आपका निजी योगदान यही है कि आप निरंतर ईश्वर से प्रेम करें; सदैव उस प्रकाश को निहारें और स्वयं को इस तरह प्रशिक्षित करें कि आप बाकी दूसरों के लिए कार्य करते हुए ईश्वर के ईश्वरत्व को पहचानें।

मैं नहीं मानता कि ईश्वर इन बातों से सम्बन्ध रखते हैं कि हमने उनकी पूजा के लिए कितने भव्य भवन बनवाए हैं, हम किसी तरह उनकी पूजा करते हैं या धार्मिक संगठनों द्वारा बनाए गए नियमों का कितनी कड़ाई से पालन करते हैं। मुझे तो ऐसा लगता है कि यदि ईश्वर हमें कोई संदेश देना चाहेगा तो यही कहेंगे कि हमें सभी जीवों के प्रति घृणा या बैर भाव रखने के बजाय एक-दूसरे के प्रति स्नेह और आदर भाव रखना चाहिए।

⁕

हमने जो यात्रा आरंभ की है, वह हमारे शरीर को उस पल में ले आई है, जिसे मैं "उद्‌गम स्रोत" का नाम देना चाहूंगा। हम सभी किसी से, कहीं से और किस तरह आए हैं; हमारे नन्हे मानव मस्तिष्क के लिए यह एक बड़ा रहस्य है, जो कारण व प्रभाव के नियमों की तरह सोचता है। मेरा तो यह मानना है कि यदि हम यहां अभी हैं,

तो इससे पहले भी कहीं हुए होंगे और निश्चित रूप से इसके बाद भी कहीं न कहीं अवश्य होंगे।

हालांकि मैं इस संभावना को भी स्वीकार करता हूं कि पहले या बाद में या कोई सीमारेखा नहीं होती। हो सकता है कि सब कुछ संपूर्ण हो और सब कुछ बिना किसी समय, स्थान, पहले या बाद में एक बार में ही घटता हो, किंतु मैं इस नज़रिए से लिख नहीं सकता, क्योंकि मेरा नन्हा मानव मस्तिष्क सब कुछ तर्क और समझ की कसौटी पर कसना चाहता है। यही कारण है कि 'आत्मा कैसी दिखती है', मैं इसे दो अलग-अलग यात्राओं के माध्यम से समझाऊंगा। पहली यात्रा निराकार शुद्ध आत्मा से आकार की यात्रा है और दूसरी एक उप-परमाणु कण से जन्म की यात्रा है।

1. निराकार शुद्ध आत्मा से आकार की यात्रा
(शून्य से कुछ होने की यात्रा)

हम जिस स्थान से जन्मे हैं, मुझे उस अस्तित्वहीनता के बारे में लिखने के लिए काल्पनिक रूप से अनुमान लगाना होगा कि अस्तित्वहीनता का वह आध्यात्मिक जगत क्या है? मैं इसकी इस रूप में कल्पना करता हूं कि एक दिव्य चेतना शून्य से आकार ले रही है। किसी रचनाकार के बिना किसी रचना की कल्पना कुछ ऐसी ही जान पड़ती है, मानो हम घड़ी बनाने वाले के बिना घड़ी की कल्पना करने का प्रयास करें। प्रतिदिन इस सृष्टि को देखते हुए मैं स्वयं को यह विचार करने से रोक नहीं पाता कि बीज से कली खिलती है, फूल से फल बनता है और नन्हे अंकुरों से एक विशाल ओक का वृक्ष तैयार हो जाता है। मेरे आश्चर्य और विशुद्ध समझ के अभाव के

बावजूद, शुद्ध आत्म-जगत के बारे में मेरा कौतूहल, निरंतर पहले व बाद में के बारे में ही सोचता रहता है – या 'कहां से कहां तक' जैसे प्रश्न दिमाग़ में घूमते रहते हैं।

अस्तित्वहीनता वास्तव में एक सोच-विचार करने योग्य अवस्था है और मैं मन ही मन इस बारे में आश्वस्त भी हूं कि इसका सचमुच कोई अस्तित्व होता है, यद्यपि इस बारे में विचार करने के लिए मेरे पास केवल अपना ही जीवन है। मैं पहले ही अपने अस्तित्व के बारे में अपनी सीमाओं, चिंताओं व समझ के बारे में बता चुका हूं। उसी को ध्यान में रखते हुए मैं बताना चाहता हूं कि मेरे नज़रिए से 'फ्रॉमनैस' के क्या मायने हैं?

मैं मानता हूं कि सब कुछ ऊर्जा है, यह अलग-अलग तरह की बारंबारता पर कंपित हो रही है। कंपन जितना अधिक होगा, आत्मा और 'हम कहां से आए हैं', इस समझ के उतने ही पास पहुंच जाएंगे। इन शब्दों को लिखते समय मेरे हाथ में जो कलम है, वह दिखने में ठोस जान पड़ती है, यद्यपि इसे किसी शक्तिशाली सूक्ष्मदर्शी के माध्यम से देखें तो जान सकते हैं कि यह वास्तव में गतिशील कणों का क्षेत्र है, जिन कणों के बीच में काफ़ी रिक्त स्थान हैं। मेरी क़लम का कंपन संबंधी ढांचा वह ऊर्जा है, जो धीमी होने के कारण मेरी आंखों को ठोस जान पड़ती है, आंखें केवल उन्हीं वस्तुओं को देख सकती हैं; जो एक निश्चित आवृत्ति के भीतर आती हैं।

मैं लिखते समय मैना का स्वर सुनता हूं और भौतिकी के नियमों की जानकारी के आधार पर मैं यह जानता हूं कि ध्वनि की ऊर्जा मेरी ठोस कलम से कहीं अधिक गतिमान है। अपनी खिड़की से आती तूफ़ानी बिजली को देखता हूं, जो ध्वनि से तेज़ ऊर्जा है, मेरी आंखें इन ऊर्जा सूचकों को जिस प्रकार ग्रहण करती हैं, तेजी से भागते

कण उसी के आधार पर पीले या नीले जान पड़ते हैं। प्रकाश की बारंबारता से भी परे विचारों की कंपन संबंधी ऊर्जाएं आती हैं।

जी हां, विचार या सोच भी एक ऊर्जा तंत्र है। विचारों की उच्च्व बारंबारता को सादे पेशीगति विज्ञान के उपायों से मापा जा सकता है, उनसे पता चला है कि तेजी से चलने वाले वाइब्रेशन अंततः उस ऊर्जा तक अवश्च पहुंचते हैं, जो कि स्वयं आत्मा है। उच्च्व कंपन युक्त विचार ताओ या ईश्वर की स्रोत ऊर्जा से जुड़े होते हैं। विचारों के अनुभव में, तीव्र कंपन शक्ति पैदा करते हैं, किंतु धीमे विचार पेशीगति विज्ञान के परीक्षण में कमजोर प्रतिक्रिया देते हैं।

यह सब कुछ इस तरह से काम करता है; जब हम स्रोत से जुड़े किसी विचार पर मानसिक ऊर्जा को केंद्रित करते हैं और शक्ति के परीक्षण के तौर पर अपने बाजू को कंधे तक उठाते हैं, तो किसी के लिए भी उसे झुकाना कठिन होता है। जब हम कम बारंबारता वाली सोच पर अपनी मानसिक ऊर्जा केंद्रित करते हैं, तो कोई भी दूसरा व्यक्ति बड़ी आसानी से हमारी उठी हुई बाजू को नीचे कर सकता है। जब पेशीगति विज्ञान की बात आती है, तो प्रत्येक नकारात्मक भाव इस भौतिक शरीर को दुर्बल बनाता है। ये अध्ययन उस अस्तित्वहीनता के संसार के रेखांकित उदाहरण हैं और ये उन बारंबारताओं को जानने के अवसर भी हैं, जो स्रोत ऊर्जा के स्पंदन से तालमेल रखती हैं।

वह क्षेत्र, जिससे सभी वस्तुएं उपजी हैं और जहां सभी वस्तुएं वापस जाएंगीं, उसका अपना एक एहसास होता है। शोध व इस धरती पर आए कुछ आदरणीय जीवों के कहे अनुसार, सृष्टि अपने आप में कोई हिंसक कर्म नहीं है – यह तो एक सहज व आनंदमयी कर्म है। उस महान ताओ से कोई भय, क्रोध, कलंक, अपमान,

द्वेष या घृणा संबंध नहीं रखते, जो प्रत्यक्ष रूप से कुछ करता नहीं दिखता और फिर कुछ भी अधूरा नहीं छोड़ता।

याद रखें कि जिस मानव शरीर में हम दिन-रात चौबीसों घंटे रहते हैं, उसे किसी मनुष्य ने नहीं रचा; यह तो ईश्वर की रचना है, तो यह बात मुझे अच्छी तरह समझ आती है कि अगर हमारा शरीर ईश्वर ने रचा है तब नकारात्मक विचारों से भरा जाने पर यह कमज़ोर ही होगा। जिस तरह एक झूठ शक्तिशाली इंसान की बांह को भी कमज़ोर बना देता है, उसी तरह सच प्रकट किए जाने पर सदा शक्तिशाली भौतिक प्रतिक्रिया देता है, क्योंकि सत्य का संबंध ईश्वर से है। सृजन या सर्जक एक झूठे नज़रिए से रचे भी कैसे जा सकते हैं? पेशीगति विज्ञान के क्षेत्र में काफी गहन अध्ययनों के आधार पर उल्लेख मिलता है कि वह स्थान जहां से हम आए हैं, वह उस ऊर्जा से जुड़ा है, जो सत्य को प्रकट करने से और भी शक्तिशाली हो जाता है।

प्रेम की ऊर्जा ही वह तीव्र या उच्च्च कंपित विचार है, जो हमें सदा शक्ति प्रदान करता है। मेरा निष्कर्ष यह है कि अस्तित्वहीन और प्रेम आपस में पर्यायवाची हैं यानी एक दूसरे के पर्याय हैं। रहस्यवाद व अधिकतर धर्म यही कहते हैं कि वह सर्वोच्च शक्ति प्रेम ही है और केवल विशुद्ध सत्य ही प्रेम है। कुछ धर्म ईश्वर को आकार और मनुष्यों की पसंद के अनुसार रूप देकर उस सर्वोच्च सत्ता को छोटा बना देते हैं। उनका देवता ऐसा होता है, जिसे आसानी से रुष्ट कर सकते हैं, उसके विरुद्ध पाप कर सकते हैं और वह क्रोध, प्रतिशोध व दंड के वश में होता है। मैं जिस प्रेम की बात कर रहा हूं, उसे तो वहीं से पाया जा सकता है, जहां से सही मायनों में हम आए हैं। इसके कोई नियम नहीं होते, यह किसी को वश में नहीं करना

चाहता, यह किसी को दंड नहीं देता और प्रेम-विरोधी भाव प्रकट करना ही नहीं जानता।

जैसा कि मैंने पाया, यह समूचा ब्रह्मांड प्रेम से ही बना है और हममें से प्रत्येक उस स्नेह की ही निजी अभिव्यक्ति है। साधारण शब्दों में कहें तो प्रेम ही ईश्वर है। राल्फ वाल्डो इमर्सन ने प्रेम को ईश्वर का ही दूसरा नाम कहा है, मुझे यह वर्णन प्रिय है। कितनी अद्‌भुत और अतुलनीय धारणा है; यह अस्तित्वहीनता विशुद्ध प्रेम व आनंद की अवस्था में वास करती है, जो कि सृजन के लिए अनिवार्य है।

इस बारे में सोचें : हम प्रेम से आए हैं अतः हम किसी-न-किसी रूप में प्रेम ही हैं, क्योंकि हम जहां से आए हैं, वही तो होते हैं। ईसा मसीह इस बारे में कहते हैं, "जो प्रेम नहीं करता, वह ईश्वर को नहीं जानता, क्योंकि प्रेम ही ईश्वर है।" बुनियादी रूप से व साफ़ शब्दों में यह अस्तित्वहीनता ही प्रेम है। हम उसी स्रोत से आए हैं, इसलिए हम भी वही हैं।

परंतु जाने कैसे हम अपने ही मूल स्वभाव से दूर होते चले जाते हैं। प्रेम से परे जाने वाला हर विचार हमें हमारे स्रोत से दूर ले जाता है। किसी को परखने का, क्रोध, लज्जा, भय, उद्वेग व हिंसा से भरा एक भी विचार हमें मूल स्वभाव से परे ले जाता है। यह क़दम हमें कुछ ऐसा बना देता है मानो हम न तो प्रेम करते हैं और न ही ईश्वर को जानते हैं। प्रेम विरोधी एक भी सोच यही परिणाम सामने लाती है।

जब विशुद्ध प्रेम हमारे अस्तित्व ग्रहण करने की प्रतीक्षा में था, तो उस अवस्था में रहना कैसा लगता होगा? हम क्या कर रहे थे? एक बार जब हम आकार ले लेते हैं, तो इन प्रश्नों पर सोच-विचार

करना लगभग असंभव सा हो जाता है। हालांकि यहां मैंने अपनी धारणाएं प्रस्तुत की हैं कि आकार व सीमाओं के इस संसार की यात्रा आरंभ करने से पहले अस्तित्वहीनता कैसी अनुभव होती होगी।

शून्य (खालीपन)

हम निश्चित रूप से एक बात पर सहमत हो सकते हैं कि हमारे पास कुछ नहीं था। किसी पर भी स्वामित्व न था, करने को कुछ नहीं था, कुछ लड़ने या चिंता करने के लिए भी नहीं था; यदि भौतिक शब्दों में कहें तो हम कुछ नहीं थे। यह कुछ न होने का विचार सचमुच हमें थोड़ा कठिन लगता है। हम एक ऐसे संसार में क़दम रख चुके हैं, जहां कुछ नहीं का स्थान 'कुछ' ने ले लिया है; जहां निराकार का स्थान आकार ने ले लिया है। हमारे भौतिक जगत में, कुछ न होने और कुछ न करने को प्रायः असफलता का सूचक माना जाता है। यद्यपि हमारा सच्चा सार कुछ न होने के साथ कहीं आरामदेह महसूस करता है।

मुझे ऐसा लगता है कि हम कहां से आए हैं; यह जानने व अनुभव करने का सबसे प्रभावी तरीक़ा यह होगा कि हम किसी भी मोह, वस्तुओं और विचारों से रहित होकर उस शून्य से पुनः संपर्क साधने का प्रयत्न करें। कुछ करने या संग्रह करने की बजाय, जो हैं, उसी को अनुभव करें। जैसा कि हरमन मेलविले ने भी कहा है, 'ईश्वर का एकमात्र स्वर केवल मौन ही है।' और यह हमारे उस शून्य के मूल जगत को अनुभव करने का एक निमंत्रण है। सारी सृष्टि उसी शांत व मौन शून्य से उपजी है, जैसे कि प्रत्येक ध्वनि! प्रकाश का प्रत्येक कण उसी शून्य से आता है; प्रत्येक विचार वहीं से उपजता है। एक ज़ेन कहावत हमें स्मरण कराती है कि टिप्पणी के बीच पड़ने वाले मौन से ही संगीत उत्पन्न होता है। यदि

ध्वनि के बीच मौन न हो तो संगीत नहीं हो सकता, तब यह एक निरंतर चलने वाली लंबी धुन होती है, किंतु निःसंदेह वह लंबी धुन भी उस शून्य से ही उपजी है।

अभाव या कुछ न होने का भाव, गणितीय रूप से शून्य है – यह विभाजित नहीं हो सकता, इसका कोई आनुभाविक मूल्य नहीं होता; यदि इसे किसी से गुणा करें, तो हमें कुछ नहीं मिलता। यद्यपि इस अविभाजित शून्य के अभाव में गणित भी असंभव होता। हमारे इस भौतिक संसार में आने से पूर्व, हमारा सार भी शून्य था। हमारे पास कुछ न था – कोई नियम, कर्तव्य, धन, माता-पिता, भूख, भय... कुछ नहीं था, कुछ भी तो नहीं था।

जब मैंने अपनी पुस्तक, 'बदलें विचार बदलेगा जीवन' के लिए ताओ ते चिंग के 81 पदों पर निबंध लिखे तो मैं यह जान कर अचंभे में पड़ गया कि लाओत्से ने महान ताओ या ईश्वर को जानने के लिए सब कुछ छोड़ देने, मोह को त्यागने, वस्तुओं पर मालिकाना हक़ छोड़ने पर कितना बल दिया है। उन्होंने कहा कि मन को भरने की बजाय सभी धारणाओं व विचारों से मुक्त करके ही ईश्वर को पाया जा सकता है। लगभग सभी महान आध्यात्मिक गुरुओं ने हमें यही सिखाया है कि ईश्वर को उस रिक्तता और शून्य में खोजो और जानो कि मौन के क्षणों में ही ईश्वर हमसे वार्तालाप करते हैं। तो हम कहां से आए हैं, इस प्रश्न का एक उत्तर तो यह होगा कि हम कहीं से भी नहीं आए।

हमें इस शरीर में रहने के बावजूद कुछ ऐसे उपाय तलाशने चाहिए कि हम उस शांतिपूर्ण शून्य को अनुभव कर सकें। हम अपने पर्स या जेब को तो खाली कर सकते हैं, किंतु हमें विशेष रूप से अपने मन को खाली करने के उपाय खोजने होंगे और उस शून्य

के आनंद को महसूस करते हुए इस भौतिक जगत में रहना होगा। यह हमारा मूल है, और यही हमारा अंतिम लक्ष्य भी है। एक बार अल्बर्ट आइंस्टीन ने लक्ष्य किया था कि सब कुछ एक रिक्तता है और आकार उसी रिक्तता का सघन रूप है। मेरे गुरु निसर्गदत्त महाराज के अनुसार –

> यही वास्तविक मुक्ति है – यह जानना कि तुम कुछ नहीं हो। तुम्हारा सारा ज्ञान व साथ ही तुम भी; जब विलीन होते हो, तब तुम मुक्त हो जाते हो।

अभिन्नता

अभिन्नता का विचार इस शून्य और रिक्तता के विचार के बहुत निकट है। यह कैसे हो सकता है कि अपने आध्यात्मिक छोर पर हम दोनों ही कुछ नहीं हैं और साथ ही किसी ऐसी चीज़ से भी जुड़े हैं, जिसे अभिन्नता कहते हैं? इस भौतिक ब्रह्मांड में सब कुछ किसी-न-किसी रूप में आपस में संबंध रखता है, क्योंकि यह सब कुछ उसी रिक्तता के शून्य से उपजा है। हमारे पास चुनाव के लिए कोई बहुत शून्य नहीं हैं – हम भी उसी शून्य से आए हैं, जिससे प्रत्येक वस्तु आई है। जब हम किसी भी चीज़ को अलग करने का प्रयास करते हैं, तो पाते हैं कि यह किसी-न-किसी रूप में ब्रह्मांड की शेष वस्तुओं का ही एक हिस्सा है। यह तो कुछ ऐसा ही हुआ मानो कोई एक लहर को सागर से अलग जाने को कहे, जैसे हममें से कोई उस अनंत से अपनी अभिन्नता को न पहचाने।

अभिन्नता को पूरी तरह से समझाया नहीं जा सकता, क्योंकि हम वस्तुओं से भरे संसार में इतने डूबे हुए हैं कि वह हमें दूसरी जान पड़ती है। ताओ ते चिंग की आरंभिक पंक्ति हमें बताती है

कि जिस ताओ को नाम दिया जा सकता है, वह शाश्वत ताओ नहीं है। दूसरे शब्दों में, जैसे ही हम इसे कोई नाम देते हैं, यह खो जाता है, क्योंकि हमने इसे विभाजित कर दिया। अभिन्नता का तो यही अर्थ हो सकता है – केवल एक। जैसा कि मैंने पहले कहा, 'गणित के शून्य की तरह इसे भी विभाजित या उपविभाजित नहीं कर सकते।' जिस क्षण में हम इसे कोई नाम देते हैं, यह कुछ और हो जाता है, अलग हो जाता है, परिणाम स्वरूप यह अभिन्नता की एकता नहीं है। लाओत्से बार-बार दोहराते हैं कि हम इसे नाम देने का प्रयास करते ही खो देते हैं। अभिन्नता में, कोई नाम नहीं होते; केवल एक ही होता है। तभी तो इस अभिन्नता के बारे में कुछ लिखना इतना मुश्किल व असंभव लगता है। मैं इसे प्रकट करने के लिए जिस भी शब्द का प्रयोग करूंगा, वह दर्शाएगा कि मैं इसे समझ नहीं रहा।

हम जिस स्थान से आए हैं, वह किसी भी तरह के द्विविभाजन से परे है; वह हमारे भौतिक जगत की तरह नहीं है, जो कि विपरीत युग्मों पर ही निर्भर है। इस संसार में, ऊपर की अवधारणा के बिना नीचे हो ही नहीं सकता। यहां मृत्यु के विचार के बिना कोई जीवन नहीं है। चुंबक के उत्तरी ध्रुव का दक्षिणी ध्रुव के बिना कोई अस्तित्व हो ही नहीं सकता। न पुरुष, न स्त्री। न उचित, न अनुचित। हम हमेशा द्विविभाजन के साथ ही सोचते हैं और स्वयं को भी इसी विपरीत के आधार पर पहचानते हैं। हम जानते हैं कि हमें क्या पसंद है, किसका स्वाद भाता है, क्या अच्छा लगता है आदि... क्योंकि हमने नापसंद को भी अनुभव किया हुआ है। इस भौतिक जगत के कारण ही, हममें से कइयों के लिए उस अभिन्नता को जान पाना कठिन हो जाता है, वह उस संसार तक नहीं पहुंच पाते, जिसके लिए प्राचीन गुरु हरमीज़ ने लिखा है –

ईश्वर एक है। वह एक और बिना किसी नाम के है; क्योंकि उसे किसी नाम की आवश्यकता नहीं, चूंकि वह अकेला है... सभी वस्तुएं उस एक से ही उपजी हैं...

हमें अभिन्नता के इस विचार को अपनाना लगभग असंभव लगता है, क्योंकि हम विपरीतों से भरे संसार में रहते हैं, जिसके लिए सदा दो तत्वों की आवश्यकता होती है। और हम लगातार अपने द्वैत के जगत में जीते हैं। हम भला अभिन्नता को अपना भी कैसे सकते हैं? एक तरीका यह हो सकता है कि हम अपनी उंगलियों, टांगों, पैर की उंगलियों और आंखों के बारे में सोचें : हम उनका अपने शरीर से अलग अस्तित्व नहीं मानते। हम अपनी उंगलियों के बारे में यह नहीं कहते कि ये हमसे अलग कोई सत्ता रखती हैं। यद्यपि उनकी अपनी खूबियां और लक्षण हैं, पर फिर भी वे हमारी अभिन्नता का ही अंग हैं। इस संसार में आने से पहले ईश्वर या स्रोत के साथ भी हमारा यही संबंध था – उस संसार में हम और ईश्वर एक ही थे।

हम कहां हैं, इस संदर्भ में यदि अभिन्नता पर विचार करना हो तो हमें किसी भी व्यक्ति या वस्तु से अलग होने के भाव को अपने मन से निकालना होगा। हम यदि अपने उस हिस्से को साथ लें तो बात बन सकती है, जो ऐसे मौन को जानता है, जहां कोई नाम या वस्तुएं नहीं होतीं। यहां हम सभी से अपने संपर्क को महसूस करने लगते हैं; धरती से, ब्रह्मांड से और फिर अंततः उस महान ताओ से भी! उस शक्ति के साथ अभिन्नता भी उपस्थित हो जाती है, जो कुछ भी किए बिना पूरे ब्रह्मांड का संचालन करती है और रिक्तता से उपजती है।

यदि हम कल्पना करें कि हम इस संसार और इस जीवन से

जुड़े सभी नामों, अलग होने के भाव और दूसरों को परखने से मुक्त हैं, तो हम उस ऐक्य को धीरे-धीरे समझना शुरू कर सकते हैं। यहां हमें केवल काल्पनिक होना है। हम एक ऊर्जा के रूप में अपने स्रोत का चित्र बना सकते हैं; जैसे कि आकाश! किसी भी वस्तु या व्यक्ति के प्रति क्रोध नहीं रह जाता, क्योंकि प्रत्येक वस्तु और व्यक्ति आत्मा ही तो है। यही आत्मा ईश्वर ही है, हमारा अपना स्रोत है। हम यही हैं और यह हम ही हैं। हम जहां से आए हैं, उसी के मौन में शांति पाते हैं। हम जब इस भौतिक आकार में रहने व मृत्यु के अनुष्ठान के बिना शरीर में रहते हुए ही जीवन के अर्थ को तलाशते हैं तो उस रिक्तता और अभिन्नता तक लौटने के योग्य हो जाते हैं। हम अपने मूल स्वभाव को जानने के जितना निकट होते जाते हैं, हमसे उतनी ही अधिक शांति और उद्देश्य प्रवाहित होने लगते हैं।

2. परमाणु के एक छोटे कण से जन्म तक
(आरंभिक अस्तित्व से उद्‌भव तक)

हमारी अस्तित्वहीनता कैसी दिख सकती है, हमने इसके तार्किक व आध्यात्मिक अनुमान को परख लिया है। आत्मा के अदृश्य जगत के बारे में मेरी व्याख्या है कि यही हमारा आरंभिक स्रोत है और जब हमारा भौतिक स्वरूप दिव्य चेतना द्वारा संचालित नहीं रहता, तो हम यहीं वापिस लौटते हैं।

एक जादुई व रहस्यमयी क्षण के सूक्ष्म अंश में हम अस्तित्वहीनता से अस्तित्व में आते हैं। मनुष्य जीवद्रव्य का एक अणु कण आत्मा से उपजता है और उस यात्रा के लिए सारी तैयारी व प्रबंध हो जाते हैं, जिसे हम जीवन नाम देते हैं। एक अदृश्य बल, जिसे मैं भविष्य

खिंचाव कहूंगा, वह गतिशील होता है और हमारी भौतिक विशेषताएं पूरी करता है। हमारी कुल लंबाई; शरीर का आकार; आंखें, त्वचा व बालों का रंग; एक दिन जाने कहां से आ जाने वाली झुर्रियां और निःसंदेह जीवंत होने के लिए शरीर का पूरा कारोबार, इन सबका पूरा प्रबंध होता है और हमें इसके बारे में कुछ भी नहीं करना होता। मूवी 'लक्ष्य-प्राप्ति' में मैंने अनुमान लगाया है कि यदि इस भौतिक यात्रा के लिए सब कुछ उस नामहीन रिक्तता द्वारा ही संभाला जाता है; तो यह कल्पना भी मेरी क्षमता से परे नहीं है कि अस्तित्वहीनता से अस्तित्व आने के उन महत्त्वपूर्ण पलों में ही हमारे भाग्य को लिखने का भी सारा कार्य हो गया होगा। हमारा धर्म, हमारा यहां होने का अनिवार्य उद्देश्य, हमारा व्यक्तित्व और वह सारी सहायता, जो हमें इस यात्रा में चाहिए, वह सब कुछ पहले से ही उस अति सूक्ष्म ईश्वरीय कण बिंदु में था। यदि हमारा शरीर उस यात्रा पर है, जिसका पूरा प्रबंध ताओ या ईश्वर के हाथ में है, तो मैं कहता हूं कि हमारा बाकी भार भी उन्हीं पर ही तो है!

इस नौ महीने की प्राथमिक यात्रा को मैं आत्मसमर्पण का नाम देता हूं। हमारे करने के लिए कुछ भी तो नहीं था। जाने कैसे हमारा अपना स्रोत अपने अनंत विवेक और बुद्धिमत्ता के सहारे सब कुछ करने जा रहा था। हमने और हमें जन्म देने वाली मां ने ताओ को वह सब करने की अनुमति दी, जो यह करता है। सच तो यही है कि हम कुछ नहीं कर रहे थे; हमारे ऊपर तो काम किया जा रहा था। उस नौ माह की यात्रा में, हम ताओ के माध्यम से जिए। हम कहां से आए हैं और कहां लौट कर जाना है; इसी अनुभव से संपूर्ण आत्मसमर्पण के भाव को जाना जा सकता है। इसका अर्थ होगा कि उस अदृश्य बल को बिना किसी हस्तक्षेप के सब कुछ करने दिया जाए।

हमारे जीवन के उन नौ महीनों में, हमारा जीवन पहले सूक्ष्म से बिंदु के रूप में था और फिर उसने बढ़ते हुए भ्रूण का रूप ले लिया, इस दौरान हमने और हमारी मां ने किसी भी तरह से दखल न देने का अभ्यास किया। हमारा प्राकृतिक स्वभाव जानता था कि फलने-फूलने के लिए जो कुछ भी चाहिए, एक अदृश्य बल उसका ध्यान रख रहा है, जो दिखने में तो कुछ नहीं करता पर कुछ भी अनकिया नहीं छोड़ता। हमें इस बात की चिंता करने की आवश्यकता नहीं थी कि हमारी उंगलियों पर नाखून कब दिखेंगे? या वे कहीं हाथों की उंगलियों के आगे उगने की बजाय कानों के पीछे तो नहीं उग जाएंगे? हमारे दिल की धड़कन हमारी किसी भी कोशिश के बिना सही समय पर शुरू हो जाएगी। आत्मसमर्पण व अनुमति के साथ, हम संपूर्ण आकार के साथ प्रकट होते हैं। हमारे अस्तित्व को बनाने वाली ऊर्जा यह भली-भांति जानती है कि कब और क्या करना है। यही हमारा असली स्वरूप है।

गर्भधारण के क्षण से ही हम उस अदृश्य व अनंत प्रज्ञा की बांहों में झूल रहे थे। हमने स्वयं को उस ढांचे में ढलने के लिए मुक्त छोड़ दिया था, जिसे पहले से ही हमारी अस्तित्वहीनता और अस्तित्व के साथ गूंथ दिया गया था। यदि हम चेतना की उसी अवस्था में मग्न रहते तो अपने स्रोत से हमारा जुड़ाव बना रहता। उस समय, हमें अपने जीवन के उद्देश्य के बारे में आश्चर्य करने का कोई अवसर ही न मिलता। हमें उस समय किसी भी तरह के संग्रह, प्राप्ति या महत्त्वाकांक्षा से कोई लेन-देन नहीं था। हमने स्वयं को उस अदृश्य स्रोत को सौंप दिया था, जो सब कुछ संचालित करता है।

किंतु अनुमति और आत्मसमर्पण की उस अवस्था में रहने की बजाय हम ऐसी धारणाओं के जाल में जा फंसे, जिसने आकांक्षा को ही हमारे जीवन में सबसे महत्त्वपूर्ण बना दिया। हमारा जो हिस्सा,

उस अनाम स्रोत की कृपा के सागर में गोते लगा रहा था, उसने आकांक्षा के साथ जीना सीख लिया। हम जहां से आए हैं...यदि उसी रूप के साथ अपने जीवन को चलाते रहते तो सजगता व चेतना के सबसे उच्चतम स्तरों पर हमारा वास होता। प्रबोध पाने में समय न लगता और यह कुछ ऐसा ही होता; जैसा कि ईसा मसीह ने भी कहा है, "तुममें से सबसे हीन भी वह सब कर सकता है, जो मैंने किया और यहां तक कि उससे भी महान कार्य कर सकता है।" और "यह तुम्हारे कानून में नहीं लिखा, मैंने कहा कि तुम ही ईश्वर हो।" वास्तव में हम जहां से आए हैं, वह ईश्वर है इसलिए हम भी ईश्वर हैं।

वास्तविकता तो यह जान पड़ती है कि हम आकार रूप में पहले आकांक्षा की ओर खिंचते हैं। फिर हमारे पास यह संभावना भी होती है कि हम अर्थ की ओर जाएं और फिर उस स्थान तक वापसी की यात्रा पूरी करें, जिसे मैं "जिज्ञासा" का नाम देता हूं। अगले अध्याय में अब मैं महत्त्वाकांक्षा या अभिलाषा के इस चरण पर चर्चा करूंगा।

आत्मज्ञान के लिए कुछ सुझावों को संक्षेप में जानें –

कुछ भी न होना (रिक्तता)

स्वयं को मौन व ध्यान का आनंद लेने दें। यदि आपके पास सही तरह से ध्यान का समय नहीं है, तो कुछ समय मौन में बैठने का समय अवश्य निकालें। घर में शोर मचाने के साधनों को बंद कर दें। मानवीय शोर-शराबे से दूर प्रकृति के बीच कुछ समय बिताएं।

अपने भीतर की इस पवित्र यात्रा का महत्त्व जानें और मानसिक व शारीरिक रूप से शांति पाने के लिए सब कुछ त्याग देने का भाव पैदा करें। चिंता, योजना, सोचना, याद करना, हैरान होना, उम्मीद रखना, इच्छा रखना या कुछ याद करना आदि भावों से कुछ समय मुक्त रहें। हर ऐसे भाव को सजग रूप से छोड़ते हुए महसूस करें। एक बार में एक ही भाव पर काम करें। एक ऐसी अवस्था में आ जाएं, जहां आप अपने संग्रह, परिवार, घर, काम और शरीर तक के अस्तित्व को भी भूल जाते हैं। इस 'कुछ नहीं' के आंतरिक परमानंद को अनुभव करें।

जब आप अपने मौन से उभरते हैं, तो विरक्ति की प्रक्रिया शुरू करने के लिए कुछ ऐसा किसी को दें, जिसे आप पूरे दिन में, एक बार भी प्रयोग में न लाते हों। इस तरह के शून्य व अभाव के बीच आप अपने ही स्रोत के साथ आत्मीयता का अनुभव कर सकेंगे।

अभिन्नता

स्वयं को सबके साथ एक जुड़ाव रखने वाले के रूप में देखना आरंभ करें और उस हिस्से को स्नेह व मान दें, जो सारे जीवनों के बीच प्रवाहित होता है। सारी प्रकृति को समान भाव से देखते हुए अपने प्रति भी प्रेम और पक्षपात रहित रवैया अपनाएं। इसका अर्थ होगा कि यदि आप किसी के कारण स्वयं को अपमानित महसूस करें तो उस घटना या व्यक्ति पर ध्यान देने की बजाय यह देखें कि आप क्या महसूस कर रहे हैं और अपने शरीर में इसे कहां महसूस कर रहे हैं। अपने ध्यान को बाहरी स्थिति से हटाकर यह जांचें कि आपके शरीर में कौन है, जो बेचैनी महसूस कर रहा है। इस तरह आप अभिन्नता का अनुभव कर सकेंगे। अपने भीतरी बैरोमीटर को उन भावनाओं के प्रति स्नेह व स्वीकृति देने के लिए निश्चित करें,

जिन्हें आप महसूस कर रहे हैं। स्वयं को याद दिलाएं कि आप ईश्वर के साथ एक हैं, इसलिए आप स्वयं ही 'प्रेम' हैं। आप केवल यही दे सकते हैं, तो अपने चोट व अपमान से पीड़ित हिस्सों को यही स्नेह देना आरंभ करें।

जब आप स्वयं को इस तरह जोड़ लेंगे या सभी हिस्सों को अभिन्न बना लेंगे तो पाएंगे कि आपका इस ग्रह पर किसी दूसरे से अलग हो पाना असंभव है। गुस्से या खीझ के दौरान ही आप स्वयं को बेहतर तरीके से जानने का अवसर पाते हैं। स्वयं को माफ़ करने व स्नेह देने से अभिन्नता के लिए सजगता में भी वृद्धि होगी। इस तरह के एक होने के भाव का अभ्यास करें और आपके भीतर से प्राकृतिक रूप से प्रवाहित होता प्रेम, उन्हें भी शामिल कर लेगा, जिन्हें आप पहले परखते थे।

त्याग

अनुमति देने की कला का अभ्यास करें। शरीर की प्रत्येक गति को जानें। बाल सफेद हो रहे हैं या गिर रहे हैं... त्वचा ढीली पड़ रही है... ये छोटे-छोटे बदलाव स्वयं ही हो रहे हैं, वे इस बारे में आपके किसी भी तरह के मत से स्वतंत्र हैं। फिर आप अपने परिवार, मित्रों, सहकर्मियों व प्रत्येक के साथ इसी तरह दखलंदाज़ी न करने की कला का अभ्यास करें। बीटल्स ने कहा है कि यदि आप उसे उसके तरीके से चलने देंगे तो जवाब अवश्य आएगा। यही त्याग है। यही जगत व इसमें रहने वालों को नियंत्रित करने की इच्छा को त्यागने की कला है।

सभी तो कहते आए हैं, 'छोड़ दो चिंताएं और ईश्वर को यह कार्य करने दो'। जब आप दैनिक रूप से इस त्याग व बलिदान का अभ्यास

करते हैं, तो सब कुछ स्वयं ही ठिकाने पर आने लगता है। आप एक कल्याणकारी स्थान से आए हैं, जहां प्रेम, दयालुता, परोपकार, आनंद व शुद्धता का साम्राज्य है। वही आपका सच्चा स्थान है, उसके लिए सब कुछ त्याग दें। जब मैंने स्वयं को अपनी नियति पर नियंत्रण करने की इच्छा के बीच पाया तो खुद से कहा, "वेन! तुम इसे छोड़ दो और ईश्वर को अपना कार्य करने दो!" इस वाक्य को अपने नाम के साथ आज़माएं, यह निश्चित तौर पर कारगर होगा।

हम कहां से आए हैं, इसे जानने के लिए आप ताओ ते चिंग के 21वें पद पर ध्यान दें, मैं आपको यही समझाना चाहता हूं –

ताओ का पालन करना और
केवल ताओ का पालन ही सबसे बड़ा सद्‌गुण है।

ताओ भ्रामक और अमूर्त है
हालांकि ये आकारहीन व अमूर्त हैं
यह आकार को जन्म देता है
हालांकि अस्पष्ट व रहस्यमयी है
ये आकृतियों को बनाता है
ये अंधकारपूर्ण व गूढ़ है
यही आत्मा है, यही सार है,
सभी वस्तुओं में जीवन श्वास लेता है।

सदियों से, इसके नाम को संरक्षित किया गया,
ताकि सभी वस्तुओं के प्रारंभ को याद रखा जा सके।
मैं आरंभ से ही सभी वस्तुओं के तरीके कैसे जान सकता हूं?
मैं वही देखता हूं, जो मेरे भीतर है।

✕

उपरोक्त पंक्तियों के साथ मैं इस अध्याय को समाप्त करना चाहूंगा। यह हमें याद दिलाता है कि हम कहां से आए हैं, यह सारा ज्ञान याद करने का ही एक कार्य है और जब तक हम उस स्थान तक नहीं पहुंच जाते, हम अपने आध्यात्मिक मूल के रहस्यों को नहीं खोल सकते, वास्तव में हमें अपने स्रोत को यहीं और अभी स्मरण करना होगा –

शांत मन में ही ईश्वर की स्मृति उत्पन्न होती है।
यह संघर्ष के साथ नहीं उपज सकती,
युद्ध में मग्न मन स्वयं ही उस अनंत भलाई को जानने
के विरुद्ध होता है... आप जो भी याद करते हैं,
वह आपका ही एक अंग है। क्योंकि आप भी उस
ईश्वर की तरह हैं, जिसने आपको रचा...
आइए, यह आपको इस सारी स्थिति से निकाल कर
ईश्वर की उस याद से भर दें, जो अब भी
आपके शांत मन में प्रकाशवान है।

इन पंक्तियों को ध्यान से पढ़ें और आप उस रहस्य को पा लेंगे, जो आपके अस्तित्व का सच्चा स्रोत है। शांत व सहज हों, संघर्षों से उबरें, शांत मन से उस अनंत कल्याणकारी सत्ता को याद करें, जो आपके भीतर वास करती है।

✕ ✕ ✕

अध्याय 2

जीवन की अभिलाषा

"सारी अप्रसन्नता अहं के कारण ही है।
इसके साथ ही आपके जीवन में सभी समस्याएं आती हैं।
यदि आप इसे नकारते हुए लगातार चोट पहुंचा पाएं
और अनदेखा कर दें तो आप मुक्त हो जाएंगे..."

रमण महर्षि

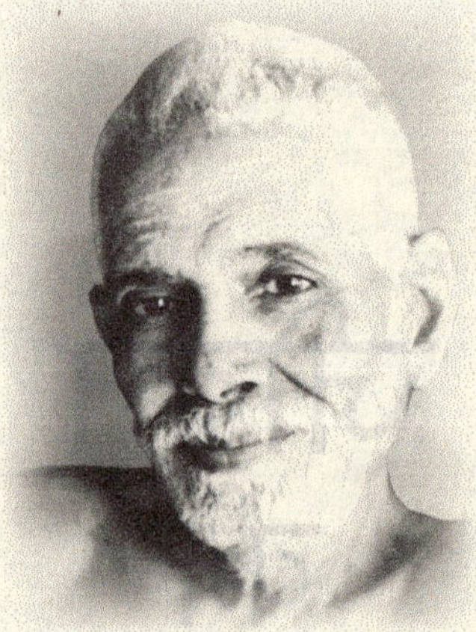

हमारे जन्म से पहले और हमारी महत्त्वाकांक्षा के हावी होने से पूर्व, हममें से प्रत्येक पूरी तरह से ईश्वर या ताओ या फिर हम अपने स्रोत को जो भी नाम देना चाहें; के साथ पूरी तरह से संपर्क में होता है। आकार लेने से भी पहले की उस अवस्था में महत्त्वाकांक्षा से हमारा कोई लेन-देन नहीं होता, हमारा कोई लक्ष्य या आकांक्षाएं नहीं होतीं। हमें किसी चीज़ का ध्यान नहीं रखना होता, किसी को भी पराजित या प्रभावित नहीं करना होता... बस हमें यही करना होता है कि हम जो हैं, वही रहें। 'जिज्ञासा' के इस अनुभव में हम किसी भी तरह की दखलंदाज़ी से परे होते हैं। हम अपने असली स्वरूप में होते हैं। उस अवस्था में हम काफी हद तक ईश्वर जैसे ही होते हैं।

'लक्ष्य-प्राप्ति' के फ़िल्म संस्करण में, मैंने बताया है कि किस तरह हम अपने सच्चे बोध (दिव्यता) से परे जाकर एक झूठे ही रूप को अपना लेते हैं। हम एक संपूर्ण रचना के रूप में इस धरती पर आए हैं, किंतु अनेक कारणों से, हमें अपने सच्चे रूप को छोड़ कर झूठा रूप अपनाने के लिए विवश कर दिया जाता है। हम व हमारा पालन-पोषण करने वाले प्रायः इस बात को मान नहीं देते कि हमें और हमारे भाग्य को हमारे भीतर बसे धर्म का पालन करना होगा। यदि हमारी मंशा अच्छी हो तो भी हम अपने सच्चे स्वरूप से काफी परे चले जाते हैं।

हमारे झूठे स्व का स्वभाव या प्रकृति

कल्पना करें कि एक जीव धरती पर अपनी विकासात्मक यात्रा के दौरान यह सीख रहा है और भरोसा कर रहा है कि वह यहां जो बनने के लिए आया था, उससे कहीं अलग है। उदाहरण के लिए एक लकड़बग्घे के बच्चे को उसके पालने वालों ने कहा कि वह लकड़बग्घा नहीं है। उससे कहा गया कि वह अपनी स्वभावगत आदतों को नहीं अपनाएगा जैसे – तेज़ स्वर निकालना, दांत पैने बनाना, शिकार करना, झुंड में भागना, मिल कर शिकार करना, शोर मचाना या मारे गए जानवर की हड्डियां चबाना आदि। उन्होंने नन्हे लकड़बग्घे को सिखा दिया था कि जब उसके जैसे दिखने वाले दूसरे जानवर शोर मचा रहे हों, चिल्ला रहे हों और जंगली बर्ताव कर रहे हों तो उसे चुपचाप बैठना चाहिए। दूसरे शब्दों में, उसे यकीन दिलाया गया था कि वह कोई और है।

ख़ास बात यह है कि जो भी वस्तु इस सृष्टि का अंग है, उसका अपना एक धर्म होता है। कोई भी पशु, पक्षी, मछली, कीड़ा-मकोड़ा या पौधा यह झूठी धारणा नहीं पाल सकता कि उसे जो बनाया गया है, वह उससे अलग कोई और जीव है। इमर्सन ने एक बार अपनी डायरी में जो लिखा था, उस पर आज भी किसी तरह के संदेह की गुंजाइश नहीं है, उन्होंने कहा था, "कछुए के सभी विचार कछुए के ही होते हैं।" इमर्सन भी वही कह रहे थे, जो बात मैं आपसे कर रहा हूं – ईश्वर के बनाए सभी जीव प्रामाणिक व सच्चे हैं और वे वही हो सकते हैं, जो उनका धर्म उनसे चाहता है। क्या मनुष्य ईश्वर की इच्छा का अपवाद है? हमारे विकास के कुछ पहलू यह सवाल पैदा करते हैं।

जिस तरह हम मां की कोख में, पहले नौ माह में अपने-आप

को ईश्वर के हाथों सौंप कर निश्चिंत रहते हैं, वैसा बाद में नहीं कर पाते। इसके बाद के विकासात्मक दौर में माता-पिता, एक सभ्यता, धर्म, शिक्षा व वाणिज्यिक हितों का प्रतिनिधित्व करने वाले व्यक्ति हमारा स्वागत करते हैं। वे हमें गोद में उठा कर दुलारते हैं, ईश्वर का चमत्कार कह कर प्रशंसा करते हैं और स्वर्ग की ओर देख कर कहते हैं – "वाह! वाह! शाबाश! अद्भुत, बिल्कुल संपूर्ण! धन्यवाद, तेरा लाख-लाख शुक्रिया मेरे परमात्मा...। बस यहां से आगे का काम हम संभाल लेंगे।" इस तरह महत्त्वाकांक्षा अर्थात अभिलाषा के जगत में हमारा प्रवेश होता है।

हमें महत्त्वाकांक्षा की ओर से लगातार सख़्त प्रशिक्षण दिया जाता है ताकि हम यह मानने लग जाएं कि हम उस दिव्य चेतना का एक अंश नहीं हैं। महत्त्वाकांक्षा के इस जगत का हिस्सा बनने के इस बदलाव में, हम अपने उद्‌गम से परे जाकर जीना सीख लेते हैं। हमें स्वयं को नए सिरे से परिभाषित करना होता है। जैसे कि लकड़बग्घा और कछुआ कभी करने के बारे में कल्पना तक न कर पाते।

महत्त्वाकांक्षा की ओर जाने वाले मनुष्य के लिए आवश्यक हो जाता है कि वह अपने 'मैं' को पालते हुए ईश्वर को दरकिनार कर दे। हमें यह सोचने का प्रशिक्षण दिया जाता है कि अहं जो भी कहेगा, सही मायनों में हम वहीं होंगे, वही हमारा असली रूप होगा। हम औसतन अपना आधे से अधिक जीवन महत्त्वाकांक्षा से जुड़े प्रशिक्षण को मानने और उसके महत्त्व को स्वीकारने में ही लगा देते हैं। अगला बड़ा बदलाव तब आता है जब हमें एहसास होता है कि झूठा आत्मबोध केवल खोखले वादे ही करता है, जिनका हमारे जीवन में कोई मोल नहीं होता। (अगले दो अध्यायों में इन्हीं पर विस्तार से चर्चा की गई है।)

अब देखते हैं कि अहं के इस पथ पर वह झूठा स्व हमें क्या सिखाता है; जहां हम यह मानने का प्रशिक्षण ले रहे होते हैं कि हम जो भी हैं, उसका संबंध हमारी महत्त्वाकांक्षा से ही जुड़ा है।

अहं का सामना

जब हम आत्मा के जगत से निकल कर जन्म पाते हैं, उसी पल से एक नया अस्तित्व पाने की यात्रा आरंभ कर देते हैं जो हमारे असली और सच्चे रूप से बिल्कुल विपरीत होता है। मैं अहं के इस विकास या झूठे स्व को 'महत्त्वाकांक्षा का दौर' का नाम देता हूं। यह उसके ठीक विपरीत है जो कि हमारी 'फ्रॉमनेस' है यानी जहां से हम आए हैं। वहां हमारे लिए महत्त्वाकांक्षा का कोई काम ही नहीं था, क्योंकि हमने स्वयं को महान ताओ के हाथों सौंपा हुआ था।

यहीं से कुछ न होने और उसी अवस्था से संतुष्ट होने का एक ऐसा सफ़र शुरू होता है, और एक ऐसी शिक्षा आरंभ होती है; जिसे मेरा मित्र रामदास "कुछ बनने का प्रशिक्षण" कहता है। अहं हमें यह मानने पर मजबूर करता है कि हम कुछ नहीं से कुछ होने, कोई न होने से कोई होने, एक से द्वैत, अभिन्नता से भिन्नता के पथ पर बहुत आगे आ गए हैं। इसी यात्रा के दौरान हमें स्वयं को ईश्वर से परे कर, खुद को यही एहसास भी दिलाना होता है कि हमारा एक और ही स्वरूप है; भले ही वह झूठा क्यों न हो। इस चरण में अहं का सबसे पहला कार्य यही होता है कि वह महत्त्वाकांक्षा को प्रोत्साहन देते हुए हमारे कुछ न होने के स्तर को मिटा देता है और हमें एक झूठी पहचान ला सौंपता है।

इस अध्याय के प्रारंभ में सामने आया प्रश्न हमें बताता है कि अहं ही हमारी परेशानियों व मुश्किलों की जड़ है। यदि हम सच्ची प्रसन्नता को जान कर एक आनंददायक जीवन जीना चाहते हैं तो हमें

रमण महर्षि के शब्दों के अनुसार चलना होगा और अहं को लगातार चोट देते हुए अनदेखा करना होगा, किंतु अहं इतनी आसानी से हमें ऐसा करने नहीं देता, यह अपनी ओर से एड़ी-चोटी का जोर लगा देता है कि हम अपने 'कुछ' होने की औक़ात का बलिदान न करें। अहं चाहता है कि हमारी कोई औक़ात हो, जो कि दूसरे लोगों की औक़ात या ओहदे व पद से अच्छी और बेहतर होनी चाहिए।

मैंने अहं के छह अंग प्रस्तुत किए हैं। वे हमें सिखाते हैं कि हम जो भी हैं, हमें किसी भी कीमत पर अपने उस स्तर को बनाए रखना है। जन्मावस्था से लेकर कुछ बनने के प्रशिक्षण के दौरान, हम उसे भरोसा करना सीखते रहते हैं।

यहां उन सभी छह झूठों का विस्तार से वर्णन प्रस्तुत है, जिन पर अहं हमें विश्वास दिलाना चाहता है –

1. मेरे पास जो भी है, मैं वही हूं

पहले, हमें संदेश मिलता है कि कुछ न होने का अर्थ होगा, एक ऐसा मनुष्य, जिसका मनुष्य के रूप में कोई मोल ही न हो। जब हम अहं की इस झूठी पहचान के बीच पलने लगते हैं, तो हम सीखते हैं कि हमारा संग्रह जितना अधिक होगा, महत्त्व उतना ही बढ़ता जाएगा। हमें एहसास होता है कि हम इसलिए अमूल्य नहीं कि हम ईश्वर का एक अंश हैं, बल्कि हमारे खिलौने, हमारा धन और दूसरों की नज़रों में हमारी प्रतिष्ठा ही हमें अनमोल बनाते हैं।

'लक्ष्य-प्राप्ति' मूवी में एक संपन्न जोड़ा दिखाया गया है; जो अपने महंगे सामान, कीमती कारों, कपड़ों, घरों और कंट्री क्लब सदस्यता के आधार पर जीवन में अपनी सफलता का मोल लगाता

है। साथ ही यह भी साफ है कि उनका अपने स्व के बारे में अनुमान कितना ग़लत है। वे जितना संग्रह करेंगे, उसे संभालने की चिंता उतनी ही बढ़ेगी, इस तरह वे और सामान लेना चाहेंगे, फिर ये चक्र चलता ही रहेगा। अंततः मूवी में कुछ ऐसे क्षण भी आते हैं जब पति यह सोचने पर विवश हो जाता है कि क्या उसका पूरा जीवन ही अनुचित था?

यह प्रश्न सचमुच विचार करने लायक है। यदि हम पूरा जीवन सफलता के प्रतीकों के पीछे भागते, अधिक से अधिक संग्रह करते, पड़ोसियों से कुछ बड़ा और बेहतर पाने के प्रयासों में बिता देंगे तो क्या होगा? अहं का मंत्र ही यही है 'अधिक और अधिक'। यह हमारे भीतर से कहीं गहराइयों से चिल्लाता है, 'कुछ और जीत लोगे तो तुम प्रसन्नता पा लोगे, कुछ और महंगा, कुछ ऐसा पाने का प्रयास करो, जो तुम्हारी प्रतिष्ठा और पद में वृद्धि कर सके!' संग्रह की ऐसी सोच बचपन में हमारे खिलौनों के साथ ही आरंभ हो जाती है। यदि हम अपना बचपन न भी याद कर सकें तो आजकल के नन्हे बच्चों की मिसाल भी ली जा सकती है – 'ये मेरे खिलौने हैं! वह मेरा है!'

जब हम व्यस्क बनते हैं तो खिलौनों के अधिक महंगे संस्करण प्रतीकात्मक रूप में हमारी सफलता के पर्याय बन जाते हैं। जब यही वस्तुएं कहीं खो जाती हैं या इनके खोने का खतरा पैदा हो जाता है तो हमें लगने लगता है कि मनुष्य के रूप में हमारा मूल्य ही जैसे समाप्त हो गया हो। जब कोई दूसरा हमसे अधिक कर लेता है या हम उससे अधिक संग्रह नहीं कर पाते; तब भी ऐसा ही होता है। हमारे पास जो भी है, उसी के आधार पर अपने-आप को तौलने की मानसिकता के साथ परेशानी यही है कि यदि हमारे

पास जो भी है, हम वही हैं तो हमारे पास अगर कुछ नहीं है, तो हम भी नहीं हैं!

अहं बड़ी कड़ाई से काम लेना जानता है। जहां तक इसका संबंध है, हमारा अपना मोल ही दांव पर लगा होता है। बेशक हम जानते हैं कि हम यहां खाली हाथ आए हैं और खाली हाथ ही जाएंगे, किंतु फिर भी अहं आजीवन हमें अपनी क़ैद में बंदी बनाए रखता है। यदि हम इसे ऐसा करने देते हैं, तो हमारा सामान ही हमारा मालिक बन कर हमारा मोल लगाने लगता है। जिन लोगों की पहचान अहं के इन्हीं मूल्यों पर टिकी होती है, वे ज़रा सा भी निराश होते ही या अपने सामान को हाथ से जाते देख आत्महत्या तक कर लेते हैं। ताओ ते चिंग में मेरी मनपसंद पंक्तियों में से एक हमें याद दिलाती है कि हम जो भी पाते हैं, वह उससे भी अधिक पीड़ादायी होता है, जो हमने खोया है और यदि हम संतुष्ट होना सीख लें तो हम कभी निराश या मायूस नहीं होंगे।

इस तरह की सोच अहं के साथ नहीं चलती, क्योंकि हमारा यह अंश मानता है कि हम जो हैं, उसी में हमारा सार छिपा है और यदि हमसे हमारा सब कुछ छीन लिया जाए तो किसी भी प्रकार का संतोष आ ही नहीं सकता। तभी तो अधिक संख्या में लोग अधिक से अधिक पाना चाहते हैं, स्वयं को असंतुष्ट व मायूस पाते हैं और अंततः किसी भी तरह की हानि सामने आते ही स्वयं को पूरी तरह से असफल मान लेते हैं।

हम जहां से आए हैं और जहां हमें जाना है, वहां आनंद व संतोष पाने के लिए किसी भी तरह के सामान या वस्तुओं का संग्रह अनावश्यक है। एक भ्रूण या शिशु के रूप में हमारे सामने जो भी आता है, हमें दोनों से ही भरपूर संतुष्टि मिलती है।

मैं अक्सर अपने नन्हे बच्चों को गत्ते के डिब्बों, धागे की रील या कागज़ के नैपकिनों से खेलते देखता था, उन्हें इन खेलों से भी बेहद खुशी मिलती थी, वे अक्सर मंडराती तितली या दीवार के किनारे रेंग-रेंग कर चलती चींटी को भी मग्नभाव से देखा करते। इस तरह की जो भी वस्तु उनकी आंखों के सामने आती, वे उसे देख कर आश्चर्य भाव से भर जाते। यहां से हम अपनी 'फ्रॉमनेस' को याद कर सकते हैं – हम भी तो ऐसे ही थे। हमें फ़ारसी सूफ़ी कवि रुमी के शब्दों को याद रखना चाहिए – 'अपनी चतुराई बेचो और आश्चर्य भाव से मोहित होना ख़रीद लो।'

अधिक से अधिक पा लेने व अपने संग्रह की डींगें हांकने की इच्छा इस बात का संकेत है कि हमने अपने झूठे स्व को हमारे जीवन पर कब्जा जमाने की अनुमति दे दी है। जब वही झूठा स्व हमें परिभाषित करने लगता है तो इसका अर्थ होगा कि हम किसी ग़लत स्रोत से अपने लिए परिभाषा चुन रहे हैं। यह कुछ ऐसा ही होगा मानो आपका जीवन आध्यात्मिक रूप से दिवालिया हो गया हो। हम जो भी हैं, उसका हमारी वस्तुओं के संग्रह या हमारे भौतिक बोध से भी कोई संबंध नहीं है। हमें अपनी वैद्यता प्रमाणित करने के लिए कोई वस्तु नहीं चाहिए। हम सब उस ईश्वर के व्यक्तिगत प्रकटीकरण हैं। वस्तुएं और तथाकथित स्वामित्व से यह सिद्ध नहीं होता कि हम कौन हैं। हमारे पास जो है, हम वही हैं; अहं की इस झूठी धारणा को हमारी सभ्यता ने ही पोषित किया है।

2. मैं जो भी करता हूं, मैं वही हूं

आरंभिक जीवन में हमने सीखा कि हम जो भी करते हैं और जितनी

निपुणता से करते हैं, वह हमें अनुकूल रूप से परिभाषित कर सकता है। उसने सचमुच मेरी अंगुली पकड़ी और वह सिर्फ अभी छह घंटे की है! उसने मेरी आंखों में झांका; वह कितना चुस्त है। वह तीन माह में ही अपना खिलौना हाथ में उठा कर पकड़ने लगी है। उसने अपना पहला क़दम भरा। उसने अपने मुंह से पहले शब्द कहे। ऐसी ही हजारों बातों से हमें सराहना मिलती है और हमें एहसास दिलाया जाता है कि हम कितने ख़ास और बेमिसाल हैं। यह सब अहं के ही खेल हैं। हम सीखते हैं कि अगर हमने किसी काम को करना और खासतौर पर दूसरों से जल्दी करना सीखा तो हम उनसे बेहतर माने जाएंगे और इसके लिए हम पुरस्कार के हक़दार होंगे। हम एक मनुष्य की बजाय कुछ न कुछ करने वाला इंसान बनने में जुट जाते हैं। जिसे उसके द्वारा किए जा रहे काम व काम की गति के आधार पर ही तौला जाता है। मैं इन बातों को आलोचनात्मक रूप में नहीं ले रहा। मैं तो केवल यह बताना चाहता हूं कि हमारे विकासात्मक सालों में कुछ करने वाला बनना ही हमारी पहली प्राथमिकता मानी जाती थी।

हम जैसे-जैसे कार्यों में दक्ष होते जाते हैं। (जैसे – घुटनों के बल चलना, पैरों पर खड़े होकर चलना, बोलना, शौच प्रशिक्षण पाना, पहले तिपहिया साइकिल और फिर दोपहिया साइकिल चलाना और जूतों के तस्मे बांधना सीखना आदि।) एक अलग ही पहचान बनती जाती है, जो हमसे कहती है, "जब तुम काम करते हो, अपने साथ वालों से जल्दी और बेहतर तरीके से करते हो तो तुम्हारी कुछ औक़ात होती है।" हमें प्रशंसा, टॉफी, रुपये आदि के रूप में या हमारे परिवार की परंपरा और इच्छा के आधार पर इन बातों के लिए इनाम दिया जाता था। यहां मैं आपका ध्यान इस बात पर भी दिलाना चाहूंगा कि अच्छे प्रदर्शन को बढ़ावा देने के लिए इस

तरह के प्रोत्साहन देने में कोई बुराई नहीं है; मैं तो केवल यही याद दिलाना चाहता हूं; अहं के इस झूठे बहकावे में न आएं कि आप वही हैं, जो आप करते हैं। यह कोरा झूठ है। आप जो भी करते हैं, आप वह नहीं हैं। यदि आप पूरे जीवन में एक भी कार्य नहीं करते तो भी आप एक आध्यात्मिक जीव हैं और किसी भी दूसरे व्यक्ति की तरह मानवीय अनुभव रखते हैं।

अहं तरह-तरह के सूचकों के माध्यम से हमारे मूल्य को आंकता है जबकि आत्मा बिल्कुल अलग तरह से कार्य करती है। घर अहं से कहीं परे है, इमेनुएल आध्यात्मिक सत्ता के बारे में कहते हैं –

आपका मन उसका मार्ग नहीं जानता
आपका हृदय पहले से वहीं चला गया है
और आपकी आत्मा ने तो उसे कभी छोड़ा ही नहीं था।
घर में आपका स्वागत है।

हमारे पहले के सबक बार-बार यही भरोसा दिलाते हैं कि हमारी उपलब्धियां ही तय करेंगी कि हम क्या हैं? हमारा शिक्षा तंत्र भी उपलब्धियों पर बल देते हुए इसी सोच को और भी बढ़ावा देता है। एक व्यक्ति के रूप में किसी भी गोल्ड स्टार को महत्त्व न देना काफी मुश्किल होता है। जब हम किसी परीक्षा में असफल होते हैं, तो अहं की शिक्षाएं हम पर और भी हावी होने लगती हैं। प्री-स्कूल से लेकर कॉलेज तक संदेश तो एक से ही होते हैं – हम कितना अच्छा कर पाते हैं, उसी के आधार पर हमें परिभाषित किया जाता है। यदि हम सही तरह से काम नहीं कर पाते तो हमें एक बुरा प्रदर्शनकर्ता मान लिया जाता है। एक सूचक के रूप में महत्त्वाकांक्षा की धारणा यही है कि हमारे आसपास के लोगों व ईश्वर में हमारी

सामर्थ्य कितनी है, इस विचार की जड़ें हमारे अवचेतन में जमा दी जाती हैं।

हमारे विकासशील अहं के प्रत्येक चरण में यही विचार फलीभूत होता है। एक लोकप्रिय कहावत है – 'जीतना ही सब कुछ नहीं होता, यह तो एक धारणा भर है।' किसी भी प्रतियोगिता में यदि कोई विजेता है, तो पराजित भी अवश्य होगा। जीवन के सभी क्षेत्रों में, हम जो भी करते हैं, हमारी क्षमता को दिखाने का प्रयास भर होता है। जिस कलाकार की कृति को दूसरे कलाकार की तुलना में हीन ठहराया जाता है, वह एक मनुष्य के रूप में अपने मोल को कम आंकने लगता है। सच तो यही है कि स्वयं को अनमोल और क्षमतावान ठहराने के लिए हमें स्वयं को किसी भी तरह से सिद्ध करने की आवश्यकता नहीं है। हम कुछ न करते हुए ईश्वर की तरह हैं, हम अपना मनुष्य होने का धर्म निभा रहे हैं। विरोधाभास यह है कि हम खुद को एक बड़े और प्रभावशाली जीवन-परिचय के साथ ही मान्यता दे पाते हैं।

इस एक पल में, मैं कुछ न करते हुए लिख रहा हूं। यह सही है। मेरे मन से स्वयं ही विचार निकल रहे हैं, जिन्हें मैं काग़ज़ पर उतारता जा रहा हूं। मैं लिखने, कोई कोशिश या संघर्ष करने, काम करने या कुछ करने में व्यस्त नहीं हूं – मैंने तो बस अपने आपको ईश्वर के हाथों सौंप दिया है; वे मेरे माध्यम से इस कार्य को करवा रहे हैं। जैसे कि मेरे शरीर के फेफड़े, दिल और रक्त परिसंचरण तंत्र काम करते हैं, उसी तरह यह कार्य हो रहा है। मैं किसी तरह के बड़े और विशाल लक्ष्यों के बारे में न सोचते हुए स्वयं को सहज भाव से प्रवाहित होने दे रहा हूं और इसके साथ ही ताओ ते चिंग में दिए लाओत्से के वचन याद आ रहे हैं –

ताओ के प्रतिदिन के अभ्यास में
कुछ घटाने की क्रिया शामिल है
यह तब तक जारी रहता है,
जब तक कुछ नहीं करने की स्थिति नहीं आती।
जब कुछ नहीं होता तो,
कुछ भी करने के लिए अधूरा नहीं रह सकता।

यदि वस्तुओं को उनके प्राकृतिक रूप में ही
स्वीकारा जाए तो संसार में जीने की कला पाई जा सकती है।
इसे आप हस्तक्षेप से कभी नहीं पा सकते।

यह निश्चित रूप से सृष्टि के काम करने के तरीके की ओर संकेत करता है। ईश्वर कुछ नहीं करता; पर फिर भी ऐसा नहीं बचता जो अधूरा हो। यदि हम अहं की ओर ध्यान न देते हुए इसे चोट पहुंचाएं, तो जान पाएंगे कि अपने आपको प्रमाणित करने के लिए हमें कुछ कर दिखाने की आवश्यकता नहीं है। हमारे कुछ करने की बजाय हमारा होना ही पूरी तरह से संपूर्ण है। जिस तरह हमारी अंगुलियों के नाखून बढ़ते हैं, हमारे भोजन का पाचन होता है, हमारा दिल धड़कता है और हमें उनके लिए कोई सजग प्रयत्न नहीं करना पड़ता।

'लक्ष्य-प्राप्ति' फ़िल्म में, कुंठित कथा दर्शाने वाले डेविड भी उसी चीज़ को दर्शाता है, जो मैं लिख रहा हूं। उसका चरित्र उन्हीं समस्याओं से जूझ रहा है, जो उसकी अहं से जुड़ी सोच के कारण पैदा होती हैं – मैं वही हूं, जो मैं करता हूं। यदि वह अपनी फ़िल्म नहीं बना सकता, तो वह न केवल अपनी प्रसन्नता बल्कि आत्मा भी खो देगा। जब डेविड उन बातों को भुला कर वर्तमान में जीना

सीखता है, और फ़िल्म में दिए गए विचारों को अपनाता है, तो एक जादू सा होने लगता है। मैं वही शब्द दोहराता हूं, जो अब आपके लिए परिचित हो चुके होंगे – यदि हम जो करते हैं, वही हैं तब जब हम कर नहीं सकते या नहीं करते, तो हम नहीं हैं। मेरे हिसाब से तो हमें इस बिंदु पर विशेष ध्यान देना चाहिए।

आधुनिक युग में पले हुए तकरीबन लोग इसी संदेह से ग्रस्त रहते हैं कि वे कुछ नहीं करते। महत्त्वाकांक्षा से जुड़ाव रखने वालों के लिए 'अधिक से अधिक' कर पाना ही उसका प्रकटीकरण है। हालांकि हमें इस धारणा के सबसे वास्तविक और परेशान करने वाले पहलू पर ध्यान देना होगा कि हम वही हैं, जो हम करते हैं।

फिल्म में, डेविड अपना आत्ममूल्य खो बैठा है, क्योंकि वह अहं की शिक्षाओं का शिकार है। वह पूरी तरह से मायूस होकर अपने-आप खो सा देता है – यह इसलिए क्योंकि अहं ने उसे सिखाया है कि वह अपनी उपलब्धियों के आधार पर ही एक सार्थक व्यक्ति कहला सकता है। डेविड के लिए, मनचाही फ़िल्म परियोजना न मिल पाने का अर्थ है कि उसका कोई मूल्य ही नहीं रहा। यह झूठा निष्कर्ष, झूठे अहं पर आधारित जीवन के कारण है।

अपने वास्तविक स्व की बजाय अहं की सुनने से यही खतरा पैदा हो जाता है। हर बार, जब भी हम असफल होते हैं, तो एक मनुष्य के रूप में अपने मूल्य को ही दांव पर लगा देते हैं। यदि हम बीमारी या चोट के कारण अपने मापदंडों के अनुसार कार्य नहीं कर पाते, तब भी हम निराशाग्रस्त हो जाते हैं या फिर मन में वहम पाल लेते हैं कि हम असंख्य दूसरे रोगों का शिकार हैं। जब हम अपने शरीर को प्राकृतिक रूप से वृद्ध होते देखते हैं, तो हमारे शारीरिक कौशल और हुनर में पहले जैसी तेज़ी नहीं रहती। हो सकता है हमसे

पहली पीढ़ियों के लोग हमारी उपलब्धियों से भी आगे निकल गए हों, जैसे कि प्रतिस्पर्धी खेलों; तैराकी और दौड़ आदि में होता है। अंततः हमें लगने लगता है कि एक मनुष्य के रूप में हमारी क्षमता चुकती जा रही है। यह परिदृश्य केवल तभी सच माना जा सकता है, जब हम झूठे स्वामी अहं की बातों में आ जाते हैं।

मैं उस आयु में आ चुका हूं, जो कई दूसरे लोगों के हिसाब से 'सेवानिवृत्ति की आयु' कहलाती है, किंतु मैंने कई दशकों से इस दिशा में अपने अहं पर पलटवार करना आरंभ कर दिया था। मैं अपना काम नहीं हूं। मैं अपनी उपलब्धियां नहीं हूं। मैं अपना जीवन-परिचय नहीं हूं। मैं अपने वास्तविक स्व से सांस लेता हूं, जीवित रहता हूं और कार्य करता हूं। जैसा कि मैंने कहा, और पहले भी कई जगह कह चुका हूं कि, मैं कुछ नहीं लिखता – मैं लेखन हूं और लेखन मुझमें है। मैं तो केवल लाओत्से की शिक्षा पर चलता हूं, जिसके अनुसार सब कुछ न करने पर भी सचेतन है, सजीव है। ऐसे में रिटायरमेंट की धारणा संभव भी कैसे हो सकती है? मैं जो भी हूं, उससे रिटायर कैसे हो सकता हूं? और मैं कौन होता हूं, जो इस लेखन, भाषण और मेरे बाकी कार्यों को करने की अनुमति देता हो।

हम जो भी करते हैं, वह हम नहीं हैं; हमें इस धारणा से आगे आकर महत्त्वाकांक्षा के स्थान पर अर्थ को अपनाना होगा। जब हम अर्थ को अपना लेंगे तो जान पाएंगे कि भला हम जो हैं, उससे कभी रिटायर हो भी कैसे सकते हैं? 'हम जो भी करते हैं, उसके आधार हमारे मूल्यांकन का', पिकासो द्वारा किया गया निरीक्षण वास्तव में प्रशंसनीय है – वे कहते हैं, "मैं जब भी काम करता हूं तो शरीर को दरवाजे के बाहर ही छोड़ आता हूं, जैसे मुसलमान मस्जिद में जाने से पहले अपने जूते बाहर उतार देते हैं।" हम भी यदि अपने

शरीर से परे जाकर आत्मा के साथ किसी कार्य को करें तो वैसा ही प्रभाव पा सकते हैं।

3. दूसरे मेरे बारे में जो सोचते हैं, मैं वही हूं

पूरे जीवन में, हमें लगातार अहं की ओर से संदेश मिलते रहते हैं कि दूसरों द्वारा किए गए निरीक्षणों व मतों से ही हमारे मूल्य का पता चलता है। एक बार फिर यह झूठा दावा करता है कि कोई बाहरी कारक हमें मान देने के लिए उत्तरदायी है। और फिर से यहां अपने आपको याद दिलाना आवश्यक हो जाता है कि हम सही मायनों में क्या हैं? हम उस परमात्मा का दिव्य अंश हैं, ईश्वर का व्यक्तिगत प्रकटीकरण, जो इस महाशून्य से उपजा है। हमारा वास्तविक स्व भी वही है, जहां से ये आया है। जब तक हम अपने आत्मसम्मान को अपने भीतर से संबद्ध मानते रहेंगे, तब तक उस दिव्य अंश से हमारा संबंध पूरी मजबूती के साथ स्वस्थ बना रहेगा।

दुर्भाग्यवश, यह भी सच है कि हमें बचपन से ही यह सिखाया जाता है कि दूसरों के मत हमारे लिए, हमारे अपने मतों से भी कहीं ज़्यादा मायने रखते हैं। हमारे माता-पिता, भाई-बहन, मित्र व अध्यापक भी इसी तरह हमारे बारे में छवि बनाए रखते हैं। हमें यकीन दिलाया जाता है कि इस समूह में से यदि कोई भी हमें असहमति देता है, तो हमें अपने दृष्टिकोण को भी अनदेखा करते हुए उसकी बात को मान देना चाहिए। अहं के यही झूठे सबक हमारे अपने ही मूल्य को छोटा बना देते हैं, हमें अपनी ही दिव्यता पर संदेह करने के लिए विवश कर देते हैं।

अपने विषय में आंतरिक सकारात्मक विचारों से ही आत्मसम्मान

उपजता है। इसका दूसरों की सहमति या स्वीकृति से कोई लेन-देन नहीं होता। अहं का सांसारिक मार्गदर्शक दिशा-निर्देश देता है कि हम भौतिक जीव हैं, जिनमें कोई आध्यात्मिक सार नहीं है। यह उसी झूठे विचार को प्रोत्साहित करता है कि हम वही हैं, जो दूसरे हमारे बारे में सोचते हैं। यदि हम सही मायनों में जानते हैं कि हम क्या हैं, तो हम अहं के उन संदेशों को उपेक्षित कर सकते हैं और अपने विषय में अपने मतों को मान दे सकते हैं।

बदकिस्मती से अहं प्रायः इसी कोशिश में रहता है कि हमें हमारे आध्यात्मिक स्वभाव से परे ले जा सके (यद्यपि वह सदा सफल नहीं हो पाता।) इस प्रभाव से अनजान, हम मिलने वालों की अपने विषय में सहमति पाने में ही काफी अमूल्य समय नष्ट कर देते हैं। जब हमें उनसे उस तरह की सहमति नहीं मिलती तो हम उसे पाने के लिए जी-जान लगा देते हैं, क्योंकि हमें लगता है कि यदि वे हमें कोई मान नहीं देते तो हमें वैसा ही बनना होगा, जैसा कि वे हमें देखना चाहते हैं।

हम क्या हैं, यह दूसरे तय करेंगे; यह सोच ही हमारे वास्तविक स्व के आनंद को नष्ट कर देती है। यह आनंद जो शाश्वत होता है, किंतु हम तक नहीं पहुंच पाता। यदि दूसरे हमें सहमति नहीं देते और उनके मत हमें परिभाषित करते हैं, तो हम उनके मतानुसार अपने को बदलना आरंभ कर देते हैं। हमारी अपनी छवि उन पर निर्भर हो जाती है और उनके द्वारा नकारे जाते ही जैसे हमारा मूल्य शून्य हो जाता है, हमारी हैसियत कुछ नहीं रह जाती।

अहं भी तो यही सिखाता है कि प्रत्येक के मत के आधार पर चलो। यदि हमें मूर्ख समझा जा रहा है, तो अहं के अनुसार हमें कुछ ऐसा करना चाहिए कि वे हमारे बारे में अपनी राय बदल लें

या हमें वैसा बन जाना चाहिए, जैसा कि वे हमें बनाना चाहते हैं। हम केवल दूसरों की सोच का प्रतिबिंब मात्र रह जाते हैं और हमारा अपना कोई अस्तित्व नहीं रहता।

तथ्य यही है कि आप क्या हैं, इसका इस संसार में किसी भी दूसरे के मत या विचारों से कोई लेन-देन नहीं है। आज आप किसी भी कीमत पर जिस व्यक्ति की स्वीकृति पाना चाहते हैं, हो सकता है कि आने वाले कल में वह अपना मन बदल ले और आपको बुद्धिमान, प्रतिभाशाली और सुंदर मानने की बजाय... यह सोचने लगे कि आप किसी मूर्ख से अधिक नहीं हैं, जिसका आसपास रहना भी अच्छा नहीं लगता। यदि आप अपने असली स्वरूप की बात सुनें तो आप इस तरह की परख और न्याय से स्वयं को दूर रख सकेंगे। यद्यपि आपकी सोच पर अगर उस झूठे स्व का कब्जा रहा तो आप पर बहुत ही ग़लत प्रभाव होगा। अहं इसी प्रकार आपको लुभाता है कि आप अपने सच्चे स्वरूप को मान न दें, उसे ठुकरा दें।

जब दूसरों की मंजूरी पाना ही जीवन का निर्देशक नियम हो जाता है, तो दूसरे व्यक्ति या मनुष्य के साथ स्नेही संबंध कायम रख पाना लगभग असंभव सा हो जाता है। हमारे पास जो है ही नहीं, वह किसी दूसरे को कैसे दे सकते हैं? जब हमें स्वयं ही दूसरों के बल पर अपने लिए मान और स्नेह तलाशने पड़ते हैं तो भला हम इन्हें दूसरों को दे भी कैसे सकते हैं? अहं हमें निरंतर भय, भ्रम और अप्रसन्नता से जोड़े रखता है।

तो स्वीकृति पाने की चाह और आत्मसम्मान में कमी का महत्त्वाकांक्षा से क्या लेन-देन है? इसका छोटा सा उत्तर देना चाहें तो कह सकते हैं कि हमें पूरा जीवन यही सिखाया जाता है कि पद और सत्ता से जुड़े लोगों की स्वीकृति लो और इस महत्त्वाकांक्षा को बढ़ाते

चलो। महत्त्वाकांक्षा का अर्थ यही होता है कि हमें अपने ही मतों और जीवन को पृष्ठभूमि में रखना होगा। हम माता-पिता, अध्यापक, प्रोफेसर, अधिकारिक पदों पर बैठे लोगों व बॉसों को प्रसन्न रखना सीखते हैं। इसे कैसे पा सकते हैं? उनके मतों को अपने मतों से भी अधिक मान देते हुए। यही प्रक्रिया दिन-रात, माह दर माह, वर्ष दर वर्ष अवचेतन स्तर पर ही चलती रहती है। नतीजन अहं पर आधारित एक झूठा आत्मबोध हमारे सामने होता है। जब हम अपने ही मूल्यांकन की बजाय दूसरों के मतों को अधिक मान देने लगते हैं तो, हम उस बुद्धिमत्ता को ही नकार देते हैं, जिसने हमें गढ़ा है। हम जितना भी इन अहं से जुड़ी मान्यताओं में उलझते हैं, उतना ही अपने-आप को महत्त्व देने लगते हैं। सब कुछ पाने और संग्रह करने की इच्छा के कारण ही हम भूल जाते हैं कि उस आध्यात्मिक स्रोत से भी हमारा कोई संबंध है। दूसरे शब्दों में, अहं की धारणाओं व हमारे बारे में दूसरे लोगों की अहं की धारणाओं को संतुष्ट करने में ही हम अपने स्रोत से कहीं पीछे छूट जाते हैं।

मैंने वर्षों में यह एक महत्त्वपूर्ण सबक सीखा है। जब मैं कुछ लिखता हूं या बोलता हूं तो अक्सर मुझे अपने से विभिन्न मतों का सामना करना पड़ता है। मैं जानता हूं कि अगर मैं एक हज़ार लोगों से बोलूंगा तो उन दर्शकों में मेरे लिए कोई हज़ार मत होंगे। मेरी प्रतिष्ठा मुझमें नहीं है, यह उनमें बसी है, जो मेरे शब्दों को सुनते या पढ़ते हैं। नतीजन, मैंने सीखा कि मुझे अपनी प्रतिष्ठा के बारे में कोई विचार नहीं करना। चूंकि यह मेरे भीतर नहीं है, इसलिए मैं अपने बारे में दूसरों के मत की परवाह किए बिना अपने ही चरित्र पर ध्यान देता हूं। जीवन में मेरा प्राथमिक संबंध मेरे आदि स्रोत (ईश्वर भी कह सकते हैं) से है। "यह कल्पना भी न करें कि जिस व्यक्ति का अपने ऊपर ही पूरा विश्वास नहीं, वह ईश्वर

में भी सच्चा विश्वास रख सकता है।" ये शब्द परमानंद जी के हैं, इन शब्दों का मेरी सोच से गहरा मेल है। यदि मैंने अपने अहं की बातों में आकर अपने ऊपर भरोसा रखना छोड़ दिया तो मैं अपने परमात्मा, उस ऊपर वाले पर भी विश्वास नहीं रख सकता, क्योंकि वे आपस में गुंथे हैं।

अहं के ये तीन कारक (मेरे पास जो है, मैं वहीं हूं; मैं जो करता हूं, मैं वही हूं; दूसरे मेरे बारे में जो सोचते हैं, मैं वही हूं।) ये सभी इसी विचार पर केंद्रित हैं कि ये ब्रह्मांड केवल हमसे संबंध रखता है, हमें हमारे संग्रह, हमारी उपलब्धियों और लोगों द्वारा मिली प्रशंसा के आधार पर ही तोला जाता है। हमारा संग्रह, उपलब्धियां व प्रतिष्ठा ही सबसे अधिक महत्त्व रखते हैं।

अहं के अगले तीन कारक स्वयं को अनूठा, मौलिक और इस ब्रह्मांड की हर वस्तु व व्यक्ति से अलग दिखाने से जुड़े हैं।

4. मैं किसी भी व्यक्ति से अलग हूं

अहं भाव में महत्त्वाकांक्षा हमें केवल यही विश्वास दिलाना चाहती है कि केवल हम ही हैं, जो इस संसार में कोई मायने या मोल रखते हैं। यदि हम अहं की इस धारणा को सच मान लें तो यह विचार तक कठिन जान पड़ता है कि हमारे बिना धरती का कोई अस्तित्व होगा या नहीं! पहले तीन कारक हमें अलगाव का भाव सिखाते हैं।

यदि हम स्वयं को अलग व दूसरों से दूर मानने लगते हैं, तो अहं का झूठा खेल चल निकलता है, किंतु हमें याद करना होगा कि हम कहां से आए हैं, हमारा स्रोत क्या है? थॉमस मरटन के इन शब्दों पर ध्यान दें, "हम सब पहले से ही एक हैं, पर हम कल्पना

करते हैं कि हम नहीं हैं। हमें अपनी उसी मूल एकता को ही वापिस पाना है।" मरटन के शब्दों में सच सुनाई देता है और वे अहं द्वारा प्रचारित अलगाव के भाव को नकारते हैं।

अहं सदा अलगाव के लिए विवश करता है, क्योंकि इस तरह यह हमें हमारे असली स्वरूप से भी अलग रखने में सफल हो पाता है। जब हम एक-दूसरे के साथ जुड़ाव को पहचान कर उसे आदर-मान देने लगते हैं; वह वायु जिसमें हम सांस लेते हैं; वह जल जो हम पीते हैं; वह सूर्य जिस पर हम भरोसा करते हैं; और सबसे ख़ासतौर पर वह अदृश्य स्रोत, जिसने हमें रचा है, तब अहं अपने उचित स्थान पर आ सकता है।

रमण महर्षि का मानना है कि 'कोई भी अलग नहीं है।' यह वाक्य अनेक विचारों को जन्म देता है और मेरे लिए अहं को बिल्कुल ही नकार देने में सहायता करता है। अहं हमारे इसी विश्वास पर फलता-फूलता है कि हम दूसरों से अलग हैं। अलगाव ही महत्त्वाकांक्षा की इस यात्रा में, एक प्रेरक बल के रूप में कार्य करता है और हम मन ही मन तुलना करने लगते हैं; जैसे मैं अधिक सुंदर हूं, बड़ा चतुर हूं, अधिक प्रतिभाशाली हूं, एक बेहतर प्रदर्शनकर्ता हूं और इसी तरह...। इस तरह का रवैया होने से हम सदा स्वयं को दूसरों से ऊंचा और बेहतर दिखाने में जुटे रहते हैं। यदि हम पहले से ही सजग हों कि कोई अलगाव है ही नहीं, कोई अन्य है ही नहीं तो हमें अपनी वरिष्ठता दिखाने की कोई ज़रूरत ही नहीं रहेगी।

इसके विपरीत, जब हमारा दूसरों से जुड़ाव हमारी सोच पर हावी होता है तो हमें किसी को पराजित करने की आवश्यकता नहीं रह जाती, हम उनके लिए नहीं लड़ते, जिन्हें हम अपने अधिकार कहते हैं। दूसरों का नाजायज़ फायदा नहीं उठाते और न ही खुद को एक

विजेता कहलाने के लिए लगातार प्रयास करते हैं। इसकी बजाय, प्रत्येक में ईश्वर का अंश देखने का अर्थ होगा कि कोई संघर्ष नहीं है, क्योंकि हम दूसरों को जानने लगेंगे, उनमें अपने आप को ही पाएंगे। हम इस निरीक्षण में दिए गए विवेक को समझते हैं – 'जब आप दूसरे लोगों को परखते हैं, तो आप उन्हें नहीं परख रहे होते; बल्कि आप स्वयं को एक ऐसे व्यक्ति के रूप में परिभाषित करते हैं, जो परख चाहता है।' हम शत्रु के विचार को ही नकार देते हैं और नतीजन मानव जाति के लिए किसी भी तरह की हिंसा या वध के विरुद्ध हो जाते हैं। जैसे नेटिव अमेरिकन कहते हैं, "किसी भी पेड़ की शाखाएं इतनी मूर्ख नहीं होतीं कि वे आपस में ही लड़ें।"

मानव जाति के इतिहास का अध्ययन करने से पता चलता है कि हम दर्ज़ इतिहास के पंचानवे प्रतिशत में अपनी ही शाखाओं से लड़ने वाले पेड़ के रूप में दिखाई देते हैं। यह उसी अहं का नतीजा है, जो हमें निरंतर यक़ीन दिलाता रहता है कि हम सबसे अलग हैं और हमें दूसरों से लड़ने, उन्हें नियंत्रित करने व कब्जा जमाने की ज़रूरत है; जो नदी के उस पार रहते हैं, अलग भाषा बोलते हैं, किसी अलग भाषा या सांस्कृतिक रिवाज़ों का पालन करते हैं। जब हम अहं को हमारे भीतर इस सोच को पैदा करने की अनुमति दे देते हैं कि हमें अपने अलगाव के भाव का भ्रम बनाए रखना है; तो प्रतियोगिता, संघर्ष, द्वंद्व, घृणा व युद्ध जैसे भाव जन्म लेते हैं।

महत्त्वाकांक्षा सदा हमें दूसरों से बेहतर और ऊंचा दिखाने पर तुली रहती है। वास्तविकता यही है कि 'वे' छिपे रूप में 'हम' ही तो हैं। हम अपनी अभिन्नता पर ध्यान देने की बजाय अहं द्वारा पाली गई विभिन्नता पर केंद्रित रहते हैं। ताओ ते चिंग में लाओत्से ने कहा है –

इस भावना से बढ़ कर कोई भी बड़ी हानि नहीं हो सकती
कि "मेरा कोई शत्रु है"
क्योंकि जब 'मैं' और 'शत्रु', दोनों का सह-अस्तित्व होता है
तो मेरा ख़ज़ाना गुप्त और गूढ़ होता चला जाता है।

वह ख़ज़ाना सार्वजनिक ऐक्य बल है; जो सभी वस्तुओं में विद्यमान है – ताओ, जिसे सभी जानते हैं।

अहं के अलगावप्रिय भाव के बारे में उपनिषद कहते हैं, "जो व्यक्ति स्व को पहचानता है, जो जानता है कि स्व में ही सब समाया है; तो कोई भी समस्या या दुख उसके लिए क्या मायने रख सकते हैं?" 'लक्ष्य-प्राप्ति' फ़िल्म में भी यही दिखाया गया है। उद्योगपति चैड अपने व्यवसाय को अलगाव के इसी भाव के साथ चलाता है, उसे इस बात से भी कोई अंतर नहीं पड़ता कि दूसरों या पर्यावरण पर उसके कार्यों का क्या प्रभाव होगा? फ़िल्म के अंत तक आते-आते चैड रिज़ार्ट के मालिक (जिसमें चैड पत्नी के साथ रह रहा है) के सेवा भाव को देख हैरान हो जाता है। जब चैड प्रॉमिस एंड होप की कल्याणकारी संस्था के नाम एक बड़ी राशि का चैक लिखता है, तो उसके चेहरे की मुस्कान हमें बताती है कि उसने जान लिया है कि दूसरों की क़ीमत पर पैसा कमाना ही जीवन का उद्देश्य नहीं होता। जीवन तो इससे कहीं बढ़ कर है।

5. मुझे जीवन में जो नहीं मिल रहा, मैं उससे अलग हूं

एक प्राचीन कथा में एक ऐसे लड़के का वर्णन आता है, जो छोटे से गांव में रहता था। इस लड़के में एक अवतार की विशेषताएं

थीं, लोग उसकी उपस्थिति मात्र से ही आरोग्य पा लेते थे। कई गांव वाले तो यह भी कहते थे कि वह लड़का एक ही समय में दो अलग-अलग स्थानों पर भी देखा गया था। उसके चेहरे से अपूर्व तेज व शांति प्रकट होती थी। कबीले के बुर्जुर्गों ने अवतार लड़के से कहा कि वह उन्हें ईश्वर और ब्रह्मांड के रहस्य बताए? उनमें से एक ने विनती की, "यदि तुम मुझे बता सके कि ईश्वर कहां है, तो मैं तुम्हें एक संतरा दूंगा।" युवा संत ने पल भर के लिए भी संकोच नहीं किया और बोला, "यदि तुम मुझे बता सको कि ईश्वर कहां नहीं है, तो मैं तुम्हें अभी दो संतरे दूंगा।"

अहं का पांचवां हिस्सा हमारा झूठा स्व, यह मानने से इनकार कर देता है कि कहीं पर ईश्वर का अस्तित्व है। (यहां मैंने ईश्वर शब्द का प्रयोग, उस रचनात्मक स्रोत के लिए किया है, जो इस सारे सृजन के लिए उत्तरदायी है।) अहं इस बात में विशेष रुचि लेता है कि हम जीवन को अभावों से युक्त मानें। यह बार-बार एहसास दिलाता है कि किसी भी अदृश्य रचनात्मक स्रोत से जुड़े हुए नहीं हैं, क्योंकि ईश्वर को दरकिनार करके ही यह अपनी पहचान बना पाता है। यदि हम यह मानना आरंभ कर दें कि हम स्थायी रूप से ईश्वर से संबंध रखते हैं, तो अहं के अस्तित्व का कारण ही समाप्त हो जाएगा। यदि ऐसा कोई स्थान नहीं है, जहां ईश्वर न हो, तब तो वह हमारे भीतर भी है और उस भाव में भी है, जिसे हम अपने जीवन का अभाव मानते हैं। इसका अर्थ होगा कि हम जिसे अपने से अलग या खोया हुआ मान रहे हैं, हम उससे भी जुड़े हुए हैं। तब प्रश्न यह हो सकता है कि जो वस्तुएं अनुपलब्ध हैं, हम उन्हें प्रकट कैसे कर सकते हैं? इसका उत्तर यह होगा कि हमें स्वयं को एक ऐसी स्थिति में लाना होगा, जहां हम आध्यात्मिक रूप से सामंजस्य पा सकें।

किंतु अहं चाहता है कि हम लक्ष्य बनाएं, उन्हें पाने के लिए जुटे रहें और उन सब लोगों के साथ प्रतियोगिता करें, जो हमारी ही तरह कुछ खोजने की अंधी दौड़ में लगे हैं और यहां तक कि उसके लिए संघर्षरत भी हैं – अंततः वे भी उन असंतुष्ट खोजियों में अपना नाम लिखवा लेंगे, जिन्हें इतने प्रयत्नों के बाद भी कुछ नहीं मिलता। असंतुष्टि क्यों? क्योंकि अहं के तौर-तरीक़े हमें अमूल्य वर्तमान क्षणों में शांति व संतोषपूर्वक जीने ही नहीं देते। अहं का तरीक़ा तो यही है कि आप एक महत्त्वाकांक्षी के रूप में लगातार कुछ न कुछ खोजते रहें, पाने में जुटे रहें और हमेशा कोई न कोई इच्छा पाले रहें। अहं अपनी ताकत के बल पर हमें प्रोत्साहित करता है कि हम एक महत्त्वाकांक्षी व्यक्ति के स्तर से नीचे न आने पाएं।

अहं के लिए महत्त्वाकांक्षा की परिभाषा यही है कि आपको सबसे बेहतर बनने का प्रयास करना है, किसी भी क़ीमत पर जीत हासिल करनी है, अधिक से अधिक संग्रह करना है और दूसरों की नज़रों में एक सफल व्यक्ति दिखाई देना है। अहं नहीं चाहता कि हम इस संसार की प्रत्येक वस्तु व व्यक्ति से ऐक्य का भाव अनुभव करें। हमें सदैव भारी-भरकम उद्देश्यों और लक्ष्यों के साथ जीना होता है। लक्ष्य जितने बड़े होंगे, महत्त्वाकांक्षी स्त्री या पुरुष के रूप में उतना ही ऊंचा स्तर ले पाएंगे।

हम जितना अधिक अपनी योजनाओं और लक्ष्यों को बड़ा करने के बारे में सोचते हैं, हमें अपनी कमियों का उतना ही अधिक एहसास होने लगता है।

अहं चीख़-चीख़ कर कहता है, "तुम जो भी हो, अपने आपमें अधूरे हो! क्या तुम देख नहीं सकते कि तुम्हारे पास तो पर्याप्त साधन तक नहीं हैं? तुम्हें अपनी सार्थकता सिद्ध करने के लिए वे तमाम वस्तुएं संग्रह करनी होंगी। यदि तुम इसके पीछे नहीं चले,

तो कोई दूसरा वहां पहले पहुंच जाएगा। तब तुम्हें सीमित साधनों व मात्रा के लिए ही प्रतियोगिता करनी होगी! ऐसे ही संदेश हमें हमारे जीवन को अपने प्रामाणिक व असली दृष्टिकोण के साथ जीने नहीं देते।

हमारा यथार्थ 'स्व' जानता है कि हमें अपनी सार्थकता सिद्ध करने के लिए किसी प्रकार की वस्तुओं की आवश्यकता नहीं है। यदि हम कहें कि हमें प्रसन्न रहने के लिए किसी भी वस्तु की आवश्यकता नहीं है, तो इसे मूर्खतापूर्ण परिभाषा कहा जा सकता है। हम मन ही मन जानते हैं कि इस ब्रह्मांड में किसी वस्तु का अभाव नहीं है, किंतु अहं हमारे इस विश्वास को धुंधला देता है कि प्रचुरता और संतोष का कोई अभाव नहीं है, वे विपुल मात्रा में उपलब्ध हैं। अहं हमें सिखाता है कि महत्त्वाकांक्षा के बल पर ही हम जीवन में आई रिक्तता या अभाव को पूरा कर सकते हैं, किंतु इस तरह तो हम कभी भी अपने जीवन से असंतोष की भावना को दूर नहीं कर पाएंगे। अहं हमें किसी एक स्थान तक जाने के लिए प्रोत्साहित करता है और वहां पहुंचते ही इसे लगता है कि अब आगे की ओर क़दम बढ़ा देना चाहिए, इस तरह इसे कभी शांति नहीं मिलती। यह चूहा दौड़ इसी विश्वास के साथ जारी रहती है कि हमारे पास जो भी है, वह थोड़ा है और कभी पर्याप्त नहीं होगा।

यद्यपि हम अहं के इस विचार से छुटकारा पाकर संतोष को अपना सकते हैं। इस प्रक्रिया में, प्रत्येक वस्तु और व्यक्ति से हमारा जुड़ाव स्पष्ट हो जाएगा। जो नहीं है, हम उसकी तलाश में भटकने की बजाय अपने स्रोत के साथ पूर्ण सामंजस्य में जीना सीख लेंगे। तब ईश्वर को अपने से परे धकेलने की कोई आवश्यकता नहीं रह जाएगी, क्योंकि हम सबके साथ ऐक्य भाव का अनुभव करेंगे। दुखदायी अहं का भी हमारे जीवन में कोई स्थान नहीं रहेगा।

मुझे ऐसा जान पड़ता है कि तब यह तर्क ही उचित होगा –

ईश्वर (आत्मा या ताओ) प्रत्येक स्थान पर है
अतः ईश्वर मुझमें भी है।
मैं जिस भी वस्तु का अभाव पाता हूं, ईश्वर तो उसमें भी है

निष्कर्ष – मैं अपनी आत्मा द्वारा प्रत्येक उस वस्तु से भी जुड़ा हूं, जिसे मैं अपने से दूर और खोया हुआ मानता था।

क्या किया जाए – आत्मा से एकाकार हों, तब आप पाएंगे कि जो खोया था, वह स्वयं ही सामने आने लगेगा।

प्रकृतिवादी जॉन मूर ने इस तथ्य का वर्णन कुछ इस प्रकार किया है – "जब हम किसी एक वस्तु को उठाने की चेष्टा करते हैं, तो पाते हैं कि वह तो ब्रह्मांड में शेष सभी वस्तुओं से जुड़ी है।" हमें केवल इस बुनियादी सच पर ध्यान देना है और अहं के इस तथ्य को नकारना है कि जो भी चाहते हों, उसे पाने के लिए कड़ी मेहनत करनी होगी।

6. मैं ईश्वर से अलग हूं

इस छठे अंग में, अहं उसी तरह से हमें विश्वास दिलाता रहता है कि हम जहां से आए हैं, इस उसके जैसे नहीं हैं। ईश्वर का सार व हमारा सांसारिक स्व अपनी-अपनी दूरियों में सिमटे रहते हैं। अहं को यही भय सताता रहता है कि कहीं हम स्वयं को ईश्वर का एक अंश न मान बैठें। यदि हमें सचमुच अपने ईश्वरत्व का एहसास हो जाए तो उसका नेतृत्व और सत्ता तो वहीं समाप्त हो जाएंगे। कुदरतन, अहं

का तो सबसे पहला काम ही यही है कि वह हमें निरंतर विश्वास दिलाता रहे कि हम सुदूर व विभिन्न सत्ताएं हैं।

मानवता की सामूहिक चेतना दर्दनाक तरीक़े से व अनावश्यक रूप से हमें यह मानने के लिए प्रभाव डालती है कि हम अहं के हाथों रचे गए ईश्वर हैं। अहं द्वारा रचा गया यह ईश्वर पक्षपात को बढ़ावा देता है, रक्तपात व हिंसा का समर्थन करता है और बुरा व्यवहार करते हुए प्रतिहिंसा को भी प्रोत्साहित करता है। ये वह इसके जैसे अन्य ईश्वर सामूहिक अहं के भ्रम के हाथों रचे जाते हैं।

इतिहास के दौरान इस अहं निर्मित अथवा मानव निर्मित सर्जक को हमसे अलग रखा गया। हममें से ऐसा कौन है जिसने उस ईश्वर के बारे में नहीं सुना होगा; जो लंबी दाढ़ी वाला एक वृद्ध है, अपनी महाशक्तियों के साथ स्वर्ग के आसपास मंडराता है, हम सब पर नज़र रखता है और जो कभी अपनी इच्छा होने पर हमारी प्रार्थनाओं का उत्तर भी देगा, भले ही हम उसके बनाए नियम मानें या न मानें? इसे एक ऐसी सत्ता के रूप में नहीं देखा जाता, जो सदा देने वाला दिव्य स्रोत होता है। इसे तो एक महाशक्तिमान के रूप में देखा जाता है, जो हमारी समस्याएं हल करने की क्षमता रखता है या अपनी इच्छानुसार हमारे रोगों का उपचार करता है। यह अहं का सर्जक है? इसे अहं ने ही रचा है और यह अहं की मांगें पूरी करने के लिए ही समर्पित होता है। यह एक ऐसा सर्जक है, जो अपने ही अहं के चलते, अपने उन लोगों से भी परे जीता है, जिस पर इसे निगरानी व नियंत्रण रखना होता है और आवश्यकता पड़ने पर दण्ड भी देना होता है।

हमें इस भयंकर धारणा से मुक्ति क्यों पानी है? निश्चित रूप से, अहं को चोट पहुंचाना बहुत मायने रखता है। अध्याय के आरंभ

में रमण महर्षि भी प्रतीकात्मक रूप में यही कहते हैं। 'लक्ष्य-प्राप्ति' फ़िल्म में मैंने कहा है कि हमें ईश्वर से अपने संबंध को समझने के लिए ईश्वर को एक सागर मानना चाहिए और स्वयं को सागर से निकले पानी का एक छोटा सा गिलास। "यदि पूछा जाए कि गिलास में क्या है, हम कहेंगे कि 'ईश्वर का गिलास' यह उतना बड़ा और मजबूत भले ही न हो पर यह ईश्वर का गिलास है।" यदि हम गिलास के पानी को किनारे पर खाली कर दें तो हम इसे भाप बन कर खत्म होते देख सकते हैं। अंततः यह अपने ही स्रोत में विलीन हो जाएगा। जब सागर का जल स्रोत से परे जाकर गिलास में होता है, तो इसमें सागर जितनी शक्ति नहीं होती, किंतु जब यह पुनः अपने स्रोत से मिलता है, तो यह पुनः शक्तिशाली सागर का एक भाग बन जाता है। स्रोत से अपना जुड़ाव खो देने वाला पानी, जो सागर के किनारे बह रहा है; वह अहं का प्रतीक है।

⨯

इस पुस्तक के आधे भाग में, हम यह पता लगाएंगे कि स्रोत से अपने संबंध को पुनः कैसे स्थापित कर सकते हैं और इस संसार में अपने सच्चे व असली स्व को पाने के लिए क्या किया जा सकता है? हम जानेंगे कि अहं की महत्त्वाकांक्षा से परे जाकर, ही आनंददायी अर्थ को पाया जा सकता है, वहां हम एहसास कर पाएंगे कि हम अपनी वस्तुओं के संग्रह से कहीं परे हैं, अपनी उपलब्धियों व प्रतिष्ठाओं से कहीं अधिक हैं। अर्थ की ओर ले जाने वाला यह बदलाव हमारे मन से अनेकता के भाव को मिटाता है और हमारे आध्यात्मिक जुड़ाव को आलोकित कर देता है।

⨯ ⨯ ⨯

अध्याय 3

आत्मा की ओर वापसी

"हम बिना किसी तैयारी के जीवन की दोपहरी में
क़दम रखते हैं; और इससे भी बुरी बात यह होती है
कि हम इस झूठी धारणा के साथ यह क़दम रखते हैं
कि हमारे सत्य व आदर्श अंत तक हमारा साथ देंगे,
किंतु हम जीवन की सुबह में बने कार्यक्रमों के साथ
जीवन की दोपहरी को नहीं जी सकते;
क्योंकि जीवन की सुबह में जो भी अच्छा और महान था,
वह सांझ होते-होते घटता जाएगा और सुबह के समय
जो सच था; वह शाम के लिए झूठ हो गया है।"

कार्ल जुंग, स्टे्जिस ऑफ़ लाइफ़

इस अध्याय का शीर्षक उस चरण का सूचक है, जो हमें अहं की मांगों महत्त्वकांक्षा से घिरे मिथ्या स्व से हमारे सच्चे स्व (जो उद्देश्य से जुड़ा है) की ओर ले जाता है। जुंग जीवन की सुबह के रूपक द्वारा उस समय को दर्शाते हैं; जब हम अहं को अपने ऊपर हावी होने देते हैं। और फिर एक ऐसा समय भी आता है, जब अहं का प्रभाव इतना नक़ली और अनुचित लगने लगता है कि वह एक झूठ बन जाता है।

कार्ल जुंग हमें कह रहे हैं कि हमने अपने जीवन की सुबह (जब हम झूठे और नक़ली बोध से घिरे थे) में जो भी सच और आदर्श सीखे हैं, वे अचानक जीवन की दोपहर और शाम तक आते-आते बेमानी हो जाते हैं। इसी तथाकथित सुबह और दोपहर के बीच ही कहीं बदलाव आता है, जब हम अपने ही अस्तित्व से कुछ और अधिक पाने की चाह रखने लगते हैं। फिर हम एक ऐसे जीवन की ओर बढ़ते हैं, जो हमारी अंतरात्मा की पुकार को सुन सकता है, जो अहं के भ्रामक खेलों से परे जाकर कुछ सार्थक और अर्थवान पाना चाहता है। फिर जुंग हमें चेतावनी भी देते हैं कि यदि जीवन की दोपहर व शाम के रूपक पर अहं के मार्गदर्शन को लागू किया जाए, तो वह अंततः एक झूठ बन कर रह जाता है।

इस अध्याय में हम अहं से आगे जाते हुए उस बदलाव की बात भी करेंगे, जो हमें हमारे धर्म, हमारे जीवन के अर्थ की ओर ले जाता है। यह मोड़ या यू-टर्न, महत्त्वाकांक्षा से उस ओर वापस ले जा रहा है; जहां हम जीवन की दोपहर व शाम को दिए गए

वचन पूरे कर सकते हैं। वह वचन कहता है कि हमें एक उद्देश्य से भरपूर जीवन जीना होगा।

उस यू-टर्न के लिए (वापिस लौटना)

हम यहां जो भी दिशा लेते हैं, वह वर्तमान में अहं के लोभों से कहीं महत्त्वपूर्ण होती है। मिसाल के लिए, हमारा वज़न कितना है या हमने अपनी आख़िरी सिगरेट कब पी थी; स्वयं से यह पूछने की बजाय इन बातों पर केंद्रित रहना अधिक महत्त्व रखता है कि हम किस दिशा में जा रहे हैं।

हमें स्वयं ही आगे बढ़ कर इस बदलाव को अपनाना है, उस दिशा में जाने के बाद ही वज़न घटाने या किसी लत को छोड़ने जैसी बातों को अपने वश में किया जा सकता है। किसी उद्देश्य और अर्थपूर्ण बात की ओर बढ़ना कहीं अधिक मायने रखता है।

यदि हम निरंतर अहं की मांगों पर ही ध्यान देते रहे तो हम अपने ही स्रोत से दूर हो जाएंगे। अहं हमें अधिक से अधिक पाने के लिए विवश करता है – अधिक सम्मान, अधिक उपलब्धियां, अधिक ऊंचे पद, बहुत सारी जीत और धन! अहं का मंत्र है 'और... और!' जब हम इस दिशा में जा रहे होते हैं तो हर नई मंज़िल पाने के बाद एक और लक्ष्य हमारे सामने खड़ा होता है; जो पहले वाले से भी ज़्यादा परिश्रम और प्रयत्नों की मांग करता है। ऐसा तब तक चलता रहता है, जब तक हम स्वयं को जीवन की इस नई दिशा के साथ चलने के लिए राजी नहीं कर लेते। अहं की गति को रोकने और उसके महत्त्व को घटाने के बाद ही जीवन में यह बदलाव आता है, उस समय यदि इसके साथ न चलें तो हम कभी अहं के पंजों से छुटकारा नहीं पा सकते। मैं यह नहीं कहता कि हम जीवन में कोई

प्रेरणा ही न रखें; मैं तो यह कहना चाहता हूं कि आपके जीवन का लक्ष्य, उद्देश्य व अर्थ से परिपूर्ण होना चाहिए।

अब महत्त्वाकांक्षा को हमारे अपने स्रोत का बल मिलता है और वह अहं से मिले झूठे ईंधन को ठुकराकर कहीं अधिक चमक के साथ दमकती है। जब हम अपने प्राकृतिक स्रोत के पास लौटते हैं, तो वह हमारे जीवन की संभावित संपूर्णता को पोषण देती है।

यहां कुछ ऐसे लक्षण हैं, जिनसे हम अनुमान लगा सकते हैं कि हम महत्त्वाकांक्षा से अर्थ की ओर जाने के लिए प्रस्तुत हैं –

अहं का बार-बार कुछ करने के लिए कहना, अब उतना आकर्षक नहीं जान पड़ता।

इसकी बजाय हम इस बात में अधिक रुचि लेने लगते हैं कि आख़िर हम जा कहां रहे हैं? धीरे-धीरे हमारा ही एक हिस्सा हमसे कुछ सवाल पूछने लगता है; जैसे – 'क्या यही सब कुछ है?', 'यह सब किसलिए है?' और 'इसकी ख़ासियत क्या है?' हम अपने अहं के उसी हिस्से से जवाब-तलब करने लगते हैं; जो जाने कब से हमें यही एक सीख देता आया है कि हम जो करते हैं या हमारे पास जो है; उसी का नाम जीवन है। हम अपना ध्यान उस स्रोत की ओर लगाने लगते हैं, जो इसके बिल्कुल विपरीत कहता है।

ताओ ते चिंग हमें सब कुछ छोड़ देने का निर्देश देता है, अपने मोह को त्यागने को कहता है। 81वें पद का यह अंश अहं के स्वर को चुनौती देने के लिए कहता है –

ऋषि कुछ भी संग्रह नहीं करते, किंतु दूसरों को सब कुछ देते हैं,
वे जितना अधिक देते हैं, उससे अधिक पाते हैं।

हम ध्यान देने लगते हैं कि जब हम इस रूपक के माध्यम से अपने ही घर की ओर लौटते हैं, तो हमारा जीवन एक नई ही दिशा में चल देता है। हम समझने लगते हैं कि कुछ पाने और संग्रह करने की आवश्यकता ही ज़िंदगी में सब कुछ नहीं है। जब सीईओ चैड हाउस ऑफ होप एंड प्रॉमिस के नाम दान राशि का चैक बनाता है; तो फ़िल्म में इसी बिंदु को दिखाया गया है। इसके बाद के सीन में वह अपनी पत्नी को जंगली गुलाब भेंट करता है, जो कि इस बात का प्रतीक है कि उसने अपनी जीवन दिशा बदलने का निर्णय ले लिया है।

एक कम प्रामाणिक अस्तित्व से अधिक प्रामाणिक और वास्तविक अस्तित्व की ओर दिशा बदल लेने का अर्थ यह नहीं होगा कि हम फिर समृद्धि व संपन्नता को अपनी ओर आकर्षित नहीं कर सकेंगे या हम अपनी उत्पादकता खो देंगे। इसका अर्थ है कि हम अपनी संपूर्णता के साथ एकाकार होने का प्राकृतिक आनंद पा लेंगे।

हम अधिक करने की बजाय कम करने के बदलाव की ओर आते हैं।

हमारा अपना स्रोत हमें प्रोत्साहित करता है कि हम ताओ की तरह बनें और अपने काम की गति धीमी करें। लाओत्सु कहता है कि कुछ न करने से ही सब कुछ होता है। जैसे ईसा मसीह हमें कहते हैं, 'आकाश में उड़ते पंछियों को देखो, न तो वे फसल बोते हैं और न ही काटते हैं; फिर भी तुम्हारे स्वर्गीय पिता उन्हें भोजन देते हैं। यह बदलाव पूरी दुनिया को पाने की आकांक्षा से कहीं परे है, ईसा मसीह इसी के बारे में कहते हैं, "ऐसी चीज़ का क्या लाभ कि इंसान पूरी दुनिया तो पा ले; किंतु अपनी आत्मा को खो दे।"

'आत्मा की ओर' की इस यात्रा में, जो कि हमारे मूल स्वभाव की ओर है – हम सब कुछ ईश्वर की इच्छा पर छोड़ देने के भाव को अपनाते हैं। किसी भी क़ीमत पर सब कुछ पा लेने के लोभ को ज्यों ही छोड़ते हैं, तो अपने-आप ही सब कुछ सामने आने लगता है और हम अपने जीवन को अधिक महत्त्व देने लगते हैं।

हम प्रकाशरेखा को छोड़ कर परछाईयों के साथ ज़्यादा काम करने लगते हैं।

हमारा अपना स्रोत हमसे कहता है कि विनम्रता ही हमारा प्राथमिक केंद्र होनी चाहिए, किंतु कई सालों से अहं हमें यह यकीन दिलाने में सफल रहा है कि हमें एक महत्त्वाकांक्षी व्यक्ति के रूप में प्रतिष्ठा व मान-सम्मान पाना है। आकांक्षा से अर्थ के इस बदलाव के दौरान, हम ताओ के सत्य को स्वीकारते हैं और कुछ इस तरह की बातों से जुड़ाव महसूस करने लगते हैं; जैसे कि 73वें पद में कहा गया है "बिना किसी प्रयास के जीतना ही स्वर्ग का तरीक़ा है।" हम कोई पुरस्कार पाने की इच्छा से परे जाने लगते हैं। ईसा मसीह भी अहं के खिलाफ बोलते हुए कहते हैं "तुम सबमें से जो भी सबसे हीन है, वही सबसे महान है।" ज़रा सोचें कि जब हम इसी नम्रता से काम करने लगते हैं, तो अहं को कितनी परेशानी होती होगी।

अहं हमेशा यही कहता है कि दूसरों की स्वीकृति लो और उनकी सराहना पाओ, इसलिए जब हम भी ऐसी ही जीवन शैली पा लेते हैं, तो यह कोई आश्चर्यजनक बात नहीं है। जब नन्हे बच्चे थे, तभी से इस स्वीकृति के लिए हाथ-पैर मारते आए हैं। जब हम अपनी दिशा बदल कर अपने महत्त्व को कम मान देने लगते हैं; तो हम दूसरों के अच्छे या बुरे मतों से आज़ाद हो जाते हैं।

अलगाव का भाव अभिन्न भाव में बदल जाता है।

अहं एक लंबे अरसे से हमें बार-बार यही सिखाता आया है कि हम सबसे अलग होने के कारण कुछ ख़ास हैं। इस अलगाव की ज़िद का अर्थ है कि हम निरंतर दूसरों के साथ अपनी तुलना करते रहते हैं और अपनी इच्छाओं के लिए प्रतियोगिता में जुटे रहते हैं – हम दूसरों से लड़ना सीख लेते हैं और यदि आवश्यक जान पड़े तो युद्ध छेड़ने से भी पीछे नहीं हटते। संघर्ष अहं के अलगाव भाव का एक निश्चित अंग है और यही मानसिकता दूसरों पर कब्जा जमाने व उन्हें नष्ट करने के लिए भी कहती है।

जब हम अपने मूल स्वभाव की ओर लौटते हैं, तो इस अलगाव की बजाय सबके साथ एक होने का भाव पनपने लगता है। हमारा अपना ही स्रोत हमें बताता है कि हम सब तो आपस में संबंध रखते हैं और यह जानते ही हमारा प्रतियोगी भाव घटने लगता है – दूसरों पर राज करने की बजाय करुणा पनपने लगती है और दूसरों को नियंत्रित करने का भी कोई आकर्षण नहीं बचता। ताओ ते चिंग की भाषा में अंतरात्मा हमें निर्देश देती है : "कभी भी दूसरों को बलपूर्वक जीतने के बारे में मत सोचो। बल से जो भी पाओगे जल्द ही नष्ट होगा। यह कोई सही मार्ग नहीं है।" सभी संघर्ष, भले ही वे हमारे व्यक्तिगत जीवन में हों या बाहरी जगत में; हमें हमारे स्रोत से परे ले जाते हैं। अहं का अलगाव भाव सदा हमें शक्ति से परे बल की ओर ले जाने की कोशिश में लगा रहता है। यहां ईसा मसीह के शब्द एक बार फिर से प्राचीन ताओ के साथ सामंजस्य में दिखते हैं – "शांति की स्थापना करने वाले धन्य हैं, क्योंकि वे ईश्वर की संतान कहलाएंगे।"

'लक्ष्य-प्राप्ति' का एक पात्र पूरी तरह से दूसरों के साथ अभिन्न

जान पड़ता है। उसका नाम 'जो' है और पहले यह साफ पता नहीं चल पाता कि वह कोई सफाई कर्मचारी है या माली या फिर कोई वेटर! पर यह साफ़ है कि उसके अंदर कोई दिखावा नहीं है; वह बहुत ही शांत, सहज और आनंदी भाव से रिज़ॉर्ट में ठहरे मेहमानों की सेवा करता है। जो के लिए आकांक्षा और नियंत्रण का स्थान अर्थ व उद्देश्य ले चुके हैं। पूरी फ़िल्म के दौरान, वह कुछ इस तरह का व्यवहार दर्शाता है, जैसा कि प्रायः हम यह जानने के बाद करते हैं कि हम सभी एक सूत्र में बंधे हैं।

हमें एहसास होने लगता है कि हम हर उस वस्तु से एक आत्मा में बंधे हैं, जिसे हम अब तक अपने जीवन से ओझल मान रहे थे।

जीवन की सुबह के दौरान, अहं हमें कहता है कि हमारे पास जो कुछ नहीं है, इस उससे अलग हैं और हमें अपनी इच्छाओं के पीछे अवश्य भागना चाहिए। यह हमें कड़ी मेहनत करने, प्रयत्न करने और जीवन के लिए एक महत्त्वाकांक्षा से भरपूर पहल अपनाने के लिए कहता है – यह ज़ोर देता है कि इसी तरह हम अपने साथियों की नज़रों में सफल कहला पाएंगे। हम भी स्वयं को अलग मानते हुए नतीजा निकालते हैं कि जो कुछ नहीं है, वह इसीलिए है कि हम उससे अलग हैं। जब कि हम सभी एक अभिन्न स्थान से आए हैं, जहां ऐसी कोई बात ही नहीं है। हमारा अपना स्रोत हमें बड़े ही स्नेह से याद दिलाता है कि हमें उससे भी स्वयं को जुड़ा मानना चाहिए, जिसका हमारे जीवन में अभाव है।

यह अध्याय बल देता है कि हमें एक ऐसी चीज़ की ओर लौटना या वापस मुड़ना है, जिससे अहं परिचित नहीं है। ताओ ते चिंग में हमें याद दिलाया गया है कि महान ताओ सर्वव्यापी है

यानी ऐसा कोई स्थान नहीं, जहां वे न हों। और ईसा मसीह घोषणा करते हैं : "ईश्वर का राज्य आपके भीतर है।" वहीं दूसरी ओर अहं, अलगाव को प्रकट करते हुए कहता है कि हम सबसे अलग हैं, जिसे हम अपनी इंद्रियों से समझ नहीं सकते।

जब अपने ही स्रोत की ओर लौटते हैं, तो हम भी ताओ की तरह ही सोचने और व्यवहार करने लगते हैं। ताओ वही है जिसने सभी जीवों को आकाश की तरह ढांप रखा है, पर उन पर कब्जा नहीं जमाता। सभी वस्तुएं इसके पास अपने घर की तरह लौटती हैं, पर यह उन पर प्रभुत्व नहीं दिखाता। जब हम इस दिशा में बढ़ते हैं, तो किसी भी तरह के अभाव की संभावना ही नहीं होती। हमारे पास जो भी है, हम उसी के लिए आभार और संतोष से भर जाते हैं।

हम उस विवेक व बुद्धि पर विश्वास करने लगते हैं, जिसने हमें रचा है।

अहं निरंतर हमें अपने दैवत्व में भरोसा करने से दूर रखता है और कहता रहता है कि हम ईश्वर से अलग हैं। जबकि हमारा स्रोत हमें बताता है कि हम ईश्वर से अलग हो ही नहीं सकते। यदि हम ईसा मसीह की बातों पर विश्वास करें तो – "मैं और पिता एक ही हैं"। फिर तो अहं के लिए कोई स्थान ही नहीं रहेगा।

जब हम इस वापसी की यात्रा पर आगे बढ़ते हैं तो, हमें अपनी मूर्खता का एहसास होने लगता है; हम कैसे इस बात पर भरोसा करते आए थे कि हम अपने ही स्रोत से अलग हो सकते हैं? तब हम जान जाते हैं कि हम कोई डरपोक किस्म के जीव नहीं, जो अपने अस्तित्व के लिए किसी मूडी किस्म के और कभी-कभी उपकारी

ईश्वर पर निर्भर रहें। हम स्वयं को उसी रूप में देखने लगते हैं, जैसा कि लाओत्से ने कहा है – "आत्मा और शरीर को ले जाना और एक को गले लगाना।" हम अहं के भौतिक केंद्र को त्याग कर स्वयं को ईश्वर के ही अंश के रूप में देखते हैं।

जब हम अपने स्रोत के साथ एकाकार हो जाते हैं, तो काफी हद तक ईश्वर की भांति सोच-विचार करने लगते हैं। हम इतनी बुद्धिमत्ता पा लेते हैं कि थॉमस ट्रोवर्ड के लिखे इन शब्दों को समझ सकें – "यदि आप ऐसी सोच रखते हैं, जो आपको उत्पन्न करने वाली आत्मा से मेल खाती है, तो आपके पास भी उसके जैसी ही शक्ति आ जाएगी।" अहं को यह विचार आसानी से हज़म नहीं होता, किंतु जब हम अपने सृजनकर्ता पर भरोसा करने लगते हैं तो हमारी अभिन्नता; हमारा असली रूप प्रकट होने लगता है।

जब हम जीवन की दिशा बदलें, तो क्या अपेक्षा रखनी चाहिए?

जैसा कि नएपन में कुछ तो होता ही है; जीवन की सुबह से दोपहर और शाम के इस बदलाव में भी कुछ आश्चर्यजनक हालात आएंगे ही। जिज्ञासा से ज्ञान की इस नई दिशा में अक्सर एक अनपेक्षित घटना घट जाती है।

मैंने पाया कि हमने जो भी आध्यात्मिक उन्नति की, वह किसी-न-किसी तरह के पतन से जुड़ी थी। वास्तव में यह तो होता ही है, जब भी आप किसी बड़े बदलाव की ओर जाते हैं, तो किसी तरह का पतन होता है। यह एक शर्मिंदगी से भरी घटना के रूप में हो सकता है, जो अहं द्वारा लागू प्रभाव को समाप्त कर दे। मेरे साथ भी ऐसी ही घटना तब हुई, जब मैंने खुद को हमेशा के

लिए मद्यपान से अलग कर दिया। इस तरह की दूसरी घटनाओं में कोई दुर्घटना, संग्रह किए गए सामान का आग में जल जाना, कोई बीमारी, कोई असफल संबंध, कोई मौत या ऐसी चोट जिससे गहरा धक्का लगे, किसी के द्वारा छोड़ा जाना, कोई लत, व्यवसाय में मिली असफलता या दिवालिया होना आदि शामिल हो सकता है। यही बिंदु मनुष्य को अहं से जुड़े जीवन से परे ले जाकर एक उद्देश्यपूर्ण जीवन में बदलाव के लिए वांछित ऊर्जा प्रदान करते हैं।

जब मैं हाई स्कूल में था, तो मैं लड़कों की ट्रैक टीम में एक हाई जंपर था। मैं बार पर अच्छे प्रदर्शन के लिए हाई जंप पिट पर चला जाता और वहां से धीरे-धीरे नीचे उतरता, ताकि बार पर तेजी से उछल सकूं। मेरे लिए जीवन के इस बदलाव से भी यही प्रतीक जुड़ाव रखता है – यहां नीचे आने का एक मतलब यह भी हो सकता है कि हम काफी नीचे तक आकर उस ऊर्जा को पा रहे हैं, जो इस जीवन की दिशा में बदलाव के लिए आवश्यक है।

हर पतन में हमें और ऊपर तक ले जाने की संभावना छिपी होती है। यदि हमें पूरी तरह से स्थापित अहं के चंगुल से छूटना है तो हो सकता है कि नीचे उतर कर आत्मा की अंधेरी रात में उतर कर गंदा भी होना पड़े। ताओ का मानना है – "हर दुर्भाग्य में कहीं न कहीं कोई सौभाग्य छिपा है", यह जीवन में उस समय के मूल्यों को समर्थन देता है, जब हम किसी तरह के पतन के शिकार होते हैं। किसी भी ख़ास तरह के दुर्भाग्य के बिना सौभाग्य नहीं मिल पाएगा। एलिज़ाबेथ कुबलर-रॉस इन घटनाओं को प्रकृति के कामों की श्रेणी में प्रकट करती हैं – "यदि तुम घाटियों को आंधियों से बचा लेते, तो उनकी नक्काशी की खूबसूरती कभी न देख पाते।" जीवन की तूफानी आंधियां भी संभावित अर्थपूर्ण घटनाएं हैं और हम

इनके माध्यम से स्वयं को ऊपर तक ले जा सकते हैं। वास्तव में, मेरा मानना है कि हमारे जीवन का उद्देश्य जितना बड़ा होगा, उतने ही बड़े और कठोर पतनों का सामना करना होगा।

एक हल्के से दिल के दौरे ने मुझे एहसास दिलाया कि तुझे दूसरों की तकलीफों की भी परवाह करनी चाहिए। पालन गृहों में रहने की परिस्थितियों ने मुझे बचपन से ही आत्मनिर्भर बनना सिखाया गया और मैं बड़ा होकर वही सिखाने वाला बना। अपनी पत्नी के पीड़ादायक वियोग ने मेरे लेखन को करुणा से ओतप्रोत कर दिया। मैं यहां बड़ी उपलब्धियां पाने आया था पर जब मेरे सामने बड़ी-बड़ी मुश्किलें और चुनौतियां आती हैं, तो मुझे हैरानी नहीं होती। वास्तव में, अब तो मुझे लगने लगा है कि बड़ी चुनौती महान आध्यात्मिक स्तर तक ले जाने का एक सुनहरा अवसर होती है, वहां धीरे-धीरे पछतावे का स्थान आभार ले लेता है।

मुझे रुमी के ये शब्द विशेष रूप से प्रिय हैं, जो उसे प्रकट करते हैं, जिसे मैं भी एक अनिवार्य सत्य मानता हूं –

आध्यात्मिक पथ शरीर को जर्जर बना देता है
और फिर इसे स्वस्थ कर देता है
यह घर को नष्ट कर ख़ज़ाने को बाहर निकालता है
और फिर उसी ख़ज़ाने से इसे पहले से भी बेहतर बना देता है।

आज जब मैं पीछे मुड़कर देखता हूं कि मैंने आकांक्षा से अर्थ की ओर यह बदलाव कैसे पाया तो पाता हूं कि मैं स्वयं भी ऐसे ही अनुभव से गुज़रा हूं। सभी तरह के सदमों या चोटों ने मेरे भीतर छिपे खज़ाने को बाहर लाने में मदद की। यदि मेरे 'घर' को नष्ट

न किया जाता तो मैं कभी उसका उपयोग नहीं कर पाता। जीवन की उन तूफानों से भरी आंधियों ने, उस काम को निखारने में मदद की, जिन्हें आज लाखों पाठकों और श्रोता सराहते हैं।

'लक्ष्य-प्राप्ति' का हर पात्र अहं के इसी पतन से गुज़रता है, ताकि और अधिक मायनों से भरपूर जीवन की ओर जा सके। फ़िल्म निर्माता डेविड को जब पता चलता है कि उसकी भावी सफलता का सपना चूर हो गया है तो वह बुरी तरह से बिखर जाता है। मुख्य कार्यकारी चैड अपनी गर्भवती पत्नी के साथ लड़ने के बाद काफी उलझ सा जाता है, अहं उसकी शादी के आड़े आ जाता है। यहां क्विन और जेसन नामक जोड़ा भी है, इनके दो नन्हे लड़के हैं – जैसन मन ही मन इस बात के लिए खुद का तैयार कर रहा है कि यदि क्विन को एक चित्रकार के रूप में उसका धर्म पूरा करने के लिए वहां छोड़ दिया गया, तो उसे कुछ समय के लिए घर और बच्चों की जिम्मेदारी संभालनी होगी। हक़ीक़त यह है कि इन सब पतनों से, भले ही वे छोटे हों या बड़े, ऐसे अनुभव पैदा होते हैं जो उनकी चेतना को एक ऐसे स्तर तक ले जाते हैं, जहां महत्त्व और उद्देश्य ही उनके जीवन के लिए पारस पत्थर बन जाते हैं। अहं का प्रत्येक अंग हमारे स्रोत से बिल्कुल ही अलग मांग रखता है। आत्मा हमें हमारे घर लाती है ताकि हम अपने सर्जक से एकात्म हो सकें; अहं हमें उतनी ही तेजी से विपरीत दिशा में ले जाने का प्रयास करता है। यदि पूरी जीवंतता के साथ वापसी का वह मोड़ पाना चाहते हैं, तो हमें अपनी आत्मा के साथ ही चलना होगा... और जीवन की दोपहर का भरपूर अनुभव लेना होगा।

यू-टर्न के लिए स्वयं को तैयार करना

भगवद्गीता में लिखा है – "हम प्रकृति के संसार में जन्मे हैं; हमारा

दूसरा जन्म आत्मा के संसार में होता है।" अहं के प्रभाव को वश में करने के साथ ही यह दूसरा जन्म आरंभ होता है, फलस्वरूप हम अपने मूल स्वभाव व आत्मा का सहयोग व साथ पाने लगते हैं। सब कुछ जैसे स्वयं ही घटता चला जाता है। जिन लोगों की आवश्यकता होती है, वे स्वयं सामने आने लगते हैं, खुद ही ऐसे हालात बनने लगते हैं कि हम अपने धर्म के पथ पर चल सकें और वह वित्त भी उपलब्ध होने लगता है, जो पहले कभी हमारे पास नहीं होता था। पतंजलि के शब्दों में – "सुप्त बल, विभाग और प्रतिभाएं जीवंत हो जाते हैं और आप स्वयं को एक ऐसे महान व्यक्तित्व के रूप में पाते हैं, जिसके बारे में आपने कभी सपने में भी नहीं सोचा था।"

ये महान हिंदू दार्शनिक यह बता रहे हैं कि जब हम अहं के चंगुल से छूट कर आध्यात्मिक मानसिकता की ओर बढ़ते हैं, तो पहले जिसका कोई अस्तित्व तक नहीं था; वही अचानक आंखों के आगे सजीव हो उठता है। यह परिणाम हमें जीवन की दिशा को बदलने और यह जानने पर ही मिलता है कि हम वास्तव में जा कहां रहे हैं। अहं के प्रभाव को क्षीण करने के लिए हम एक काम यह भी कर सकते हैं कि स्वयं को 'प्रस्तुत या तैयार' घोषित कर दें। उस प्राचीन कहावत को याद करें; जो कहती है, "जब शिष्य प्रस्तुत होगा तो गुरु स्वयं ही उपस्थित होंगें" गुरु और उनकी शिक्षा तो हमेशा से ही मौजूद है; वह हमारे पूरे जीवन में कभी भी मिल सकती है, किंतु जब सब कुछ अहं के हाथों संचालित होता है, तो उन शिक्षाओं पर कोई ध्यान नहीं देता। जब हम यह जान लेते हैं कि हम सही मायनों में एक बदला हुआ जीवन जीने के लिए तैयार हैं, तो एक अर्थ व उद्देश्य पूर्ण जीवन जीने के लिए कोई प्रयत्न नहीं करना पड़ता; सब कुछ अपने आप ही घटता चला जाता है। हम अहं के व्यक्तित्व को भुला कर एक नए ही अनुभव के साथ

जीने लगते हैं। जैसा कि मैंने लिखा है और कई बार कहा भी है – "जब हम चीज़ों को देखने का नज़रिया बदल देते हैं, तो वे चीज़ें भी बदलती हैं, जिन्हें हम देख रहे हैं।"

यदि संक्षेप में कहें तो, जब हम अहं से परे जाते हुए अपने मूल की ओर प्रस्थान करते हैं, तो निम्नलिखित लक्षण सामने आते हैं –

हमारी उस वापसी का सात चरणीय सारांश

1. हम निजी सशक्तीकरण को अपनाते हैं

हमारा अहं आज तक बाहरी शक्तियों पर केंद्रित होता आया था। जब हम अपने मूल स्थान की ओर बढ़ते हैं, तो अहं द्वारा बाहरी शक्तियों को प्रभावित करने की आवश्यकता के स्थान पर निजी सशक्तीकरण प्रमुख हो जाता है। हम अहं की अंतहीन लड़ाईयां लड़ना बंद कर एक नए अर्थ की ओर चल देते हैं। हम सजग भाव से, करुणामयी उत्सुकता के साथ पहले अपने भीतर छिपे स्व पर ध्यान देते हैं। उस समय दूसरों पर कब्जा जमाने या उनके किसी भी मामले में दखलंदाजी करने की प्राथमिकता कहीं ओझल हो जाती है।

2. हम स्वयं को सबके साथ जुड़ा पाते हैं

अहं ने हमें हमेशा सबसे अलग रहना सिखाया है, जब हम अपनी आत्मा की ओर लौटते हैं, तो हमें एहसास होता है कि हम सबसे कितना जुड़ाव रखते हैं। उद्देश्यपूर्ण जीवन जीने का अर्थ होगा कि आप ईश्वर की तरह सोचने लगे हैं और जीवन में सृजन शक्ति

ही सबके लिए उत्तरदायी होती है। हम सभी उसी स्रोत से बंधे हैं और एक सी नियति से जुड़े हैं। स्वयं को दूसरों के एक अंश के रूप में देखने के कारण परस्पर प्रतियोगिता की कोई आवश्यकता ही नहीं रह जाती।

3. हम जीवन के शाश्वत मूल्यों, प्रशांति व गुणवत्ता से प्रेरित होते हैं

अहं बाहरी उपलब्धियों, प्रदर्शन व संग्रह से प्रेरित होता है। जब हम अपने मूल स्वभाव की ओर आते हैं, तो हमारा ध्यान आंतरिकता की ओर बढ़ने लगता है। एक उद्देश्यपूर्ण जीवन जीने की तैयारी में, हमारे रवैए में एक ख़ास बदलाव आता है; हम पहले से कहीं शांत, ईमानदार और दूसरों की सहायता करने वाले बन जाते हैं। व्यक्ति पूर्वरूपेण परमार्थ के पथ पर चल पड़ता है और उसका स्वभाव संतों जैसा हो जाता है।

4. हम संभावनाओं की ओर बढ़ते हैं, यहां तक कि चमत्कारों को भी जीवन में अपेक्षित मानने लगते हैं

जब अहं का कारण व प्रभाव घटने लगता है, तो हम उस रहस्यमयी और अदृश्य सत्ता को सच्चे मन स्वीकारते हैं। तब हम अपनी इंद्रियों की बजाय अपने अंतर्जात स्वभाव पर अधिक भरोसा करने लगते हैं।

5. हम ध्यान का अभ्यास करने लगते हैं

अहं के वश में रहने वालों को ध्यान के अभ्यास से कोई लेना-देना नहीं होता, वे इसे एक मूर्खता या समय की बरबादी मानते हैं। जब हम अपने ही स्रोत की ओर लौटते हैं, तो एक अर्थपूर्ण जीवन में उस

ईश्वर के निरंतर संपर्क को पाने के लिए हमें मौन की आवश्यकता होती है, जिसे ध्यान के माध्यम से ही पाया जा सकता है।

6. हम स्वयं को प्रकृति की सुंदरता में पहचानते हुए उससे एकाकार होने लगते हैं

इस अहं को प्रकृति की सुंदरता में कोई दिलचस्पी नहीं होती। हम अपने मूल की ओर लौटते हैं, तो प्राकृतिक सुंदरता के जगत में घट रहे चमत्कारों के प्रति सजग हो जाते हैं। यहीं से हमारे भीतर; दूसरों पर अपना प्रभाव जमाने व उन्हें नीचा दिखाने की बजाय ब्रह्मांड के साथ एकाकार होने की इच्छा पैदा होती है।

7. हम दूसरों को परखने की बजाय, आसानी से समझते हुए क्षमा देने की स्थिति में आ जाते हैं

अहं हमेशा यही हठ करता है कि दूसरों को उनकी ग़लती की सज़ा मिलनी चाहिए। स्रोत की ओर लौटने वाले क्षमा करना सीखते हैं। वे एक अर्थवान व उद्देश्यपूर्ण जीवन जीने के लिए दूसरों को क्षमा देने का महत्त्व जान लेते हैं। हम इन शब्दों के प्रति संवेदनशील सोच रखने लगते हैं – "हम अपनी परख से दूसरों को परिभाषित नहीं करते; इस तरह हम स्वयं को ही परिभाषित कर रहे हैं।"

✕

अहं की आकांक्षा से लेकर अर्थपूर्ण जीवन जीने की इच्छा के बीच ये सात लक्षण बड़ी आसानी से 70 गुना किए जा सकते हैं। इस बदलाव की प्रक्रिया में हमें इस अद्‌भुत और रहस्यमयी ब्रह्माण्ड को एक आध्यात्मिक नज़रिए से देखना भी सीखना होता है। हमें एहसास होता है कि केवल अहं के माध्यम से इन आवश्यकताओं को पूरा

नहीं किया जा सकता। हम झूठे स्व या अहं से कभी भी, कुछ भी असली नहीं पा सकते।

'लक्ष्य-प्राप्ति' के मूवी संस्करण में इन बातों को डेविड, चैड व क्विन की व्यक्तिगत कहानियों के माध्यम से मनोरंजक रूप में दिखाया गया है। हम देखते हैं कि वे किस तरह कुंठित होकर प्रयासरत हैं, जो कि अहं से भरपूर जीवन की देन है, फिर हम पाते हैं कि वे किस तरह अपने अर्थ की ओर लौटने के आनंद को पाते हैं। फ़िल्म में धीरे-धीरे अहं को प्रभावहीन होते दिखाया गया है, क्योंकि प्रत्येक पात्र अपनी ओर से अगले स्तर पर जाने के प्रयास में जुटा है।

जब हम भी फ़िल्म के तीन मुख्य पात्रों की तरह लगातार भागने और प्रयत्न करने से थक जाते हैं, तो वह इस बात का संकेत है कि हमें भी एक दूसरे बदलाव तक जाना होगा। जब हम क्वांटम पलों को अपने जीवन में आने देते हैं और उन पर पूरा ध्यान देते हैं, तो संसार के लिए हमारा नज़रिया ही बदल जाता है। परिवर्तन प्रकृति का शाश्वत नियम है और इसलिए बदलाव तो आना ही होता है।

क्वांटम पल जीवन को उलट-पुलट सकते हैं

मैंने फ़िल्म में इन क्वांटम या क्वांटम पलों का वर्णन किया है, साथ ही यह तथ्य भी दिया है कि हज़ारों लोगों ने जीवन के प्रति अपनी सजगता के बदलाव के दौरान इन्हें अनुभव किया है। ये लोग अहं से प्रेरित जीवन से परे हट कर आध्यात्मिकता की ओर आए और पहले से कहीं सच्चे जीव बने।

हम चार विशेषताओं के माध्यम से क्वांटम पलों को पहचान सकते हैं। इनमें हमें हमारे असली स्वरूप से मिलवाने की संभावना छिपी होती है। लेखक आर्थर विलियम आर मिलर व जेनट कैडेबाका

अपनी पुस्तक 'वैन एफीफैनीज़ एंड सडन इनसाइट्स ट्रांसफार्म आर्डीनेरी लाइवस' में लिखते हैं, "क्वांटम बदलाव सजीव, अचानक होने वाला प्रेम से परिपूर्ण और एक स्नेहशील एहसास होता है।"

इसके बाद ये बात आती है कि मैं इन चार खूबियों को किस रूप में लेता हूं – यह जिज्ञासा से आत्मज्ञान की ओर जाने के प्रयास में थोड़े से बदलाव के साथ सामने आते हैं –

1. आश्चर्यजनक!

हो सकता है कि आपको सुनने में हैरानी हो, पर हर किसी ने यही कहा है कि क्वांटम पल अनपेक्षित होते हैं, ये बिन बुलाए अचानक आते हैं और इनके बारे में पहले से कोई संभावना नहीं होती। इस समय हम इन्हें पाकर अभिभूत हो जाते हैं। मानो हमने सब कुछ त्याग दिया हो और जीवन को उसके तरीक़े से चलने की अनुमति दे दी हो। हम एक ऐसे शिष्य बन जाते हैं; जो तैयार है और गुरु स्वयं उपस्थित हो जाते हैं। हालांकि यह सब किसी पतन के बाद होता है।

पहले इस अध्याय में, मैं बता चुका हूं कि हमें आध्यात्मिक उन्नति से पहले किसी तरह के झटके या सदमे सहन करने पड़ सकते हैं। यह ब्रह्मांड इसी तरह काम करता है और मैं आपको अपने जीवन के ही जाने कितने अनुभव दे सकता हूं। जैसा कि मैंने पहले कहा कि जब मैंने शराब छोड़ने का अंतिम निर्णय लिया तो उसमें वे क्वांटम पल भी शामिल थे, जिन्होंने मुझे पूरी तरह से आश्चर्य में डाल दिया।

एक निश्चित दिन, सुबह चार बजकर सात मिनट पर मेरी नींद खुली, मानो कोई मुझे धीमे स्वर में पुकार रहा हो, कमरे में गुलाबों

की भीनी गंध थी और ऐसा लग रहा था कि वहां चारों ओर कोई दिव्य ऊर्जा मौजूद थी। मेरे कमरे में हल्की हवा चल रही थी, मैं बिल्कुल हैरानी से इस माहौल को निरख रहा था और उस एक पल ने मुझे हैरानी से भर दिया। उस स्वर ने मुझे तसल्ली दी कि यदि मैंने शराब छोड़ने का निर्णय लिया है, तो निश्चित रूप से मैं उसमें सफलता पा लूंगा और यह सुखद भी था।

अब उस बात को करीब बीस साल बीत गए हैं। मैं पूरी ईमानदारी के साथ बता सकता हूं कि मुझे जो कहा गया था; वह सौ प्रतिशत सच था – उसके बाद जीवन में फिर कभी मुझे शराब को हाथ लगाने की भी इच्छा नहीं हुई। यह मेरे लिए बहुत बड़े आश्चर्य का विषय है। चूंकि मैं स्वयं को स्रोत के समीप ले आया हूं, इसलिए मेरे साथ जीवन में ऐसे बहुत से अनुभव हुए हैं। जिन्होंने मेरा ध्यान अपनी ओर खींचा और मुझे आध्यात्मिक चेतना के और भी ऊंचे धरातल पर पहुंचा दिया।

2. सजीवता!

जीवन को नए सिरे से बदल देने वाले ये क्वांटम पल अपने-आप में बहुत गहन होते हैं। यहां तक कि आज भी मैं उन पलों को विस्तार से याद कर सकता हूं; कमरे में पलंग पर बिछी चादर, मेरी अलमारी के ऊपर लटक रहे कपड़े, मेरे ड्रेसर के शीशे पर लटक रहा एक कार्टून, फर्श पर सिक्कों का डिब्बा, दीवारों का रंग, मेरे हैडबोर्ड पर खरोंच का निशाना... सब कुछ इतने साल बीत जाने पर भी मेरे लिए जैसे बिल्कुल सजीव हैं। ऐसा लगता है मानो किसी ने हमेशा के लिए उन क्षणों को मेरे जीवन का अहम हिस्सा बना दिया हो। यह सजीवता सदा हमारे साथ बनी रहती है।

3. प्रेम-भावना!

इन क्वांटम पलों की तीसरी विशेषता यह होती है कि वे स्नेही होते हैं। मिसाल के तौर पर, मैंने उस दिन सुबह-सुबह जो रोमांच पाया, वह मेरे जीवन के सबसे शांत व आनंददायक पलों में से था। मानो मैं बड़े ही आराम से स्नेही व उदार प्रभु की बांहों के झूले में झूल रहा था। सालों से, मैं रोज़ शाम को कुछ बीयर पीने की लत को पूरा करता आ रहा था। मुझे तो याद नहीं आता कि इस घटना से पहले कोई दिन ऐसा रहा होगा, जब मैंने शाम को बीयर नहीं पी होगी। और यह भी याद नहीं कि इस घटना के बाद मैंने कभी बीयर को हाथ भी लगाया हो। मैं स्वयं को समझाता था कि ये कोई निर्भरता नहीं थी, क्योंकि मैंने कभी भी बीयर के नशे में किसी दूसरे को और न स्वयं को (ड्राइविंग के दौरान) चोट पहुंचाई थी।

जबकि मन ही मन मैं जानता था कि ये ग़लत था और मैं बीयर पर पूरी तरह से निर्भर था और ये मेरे जीवन में हर संभव तरीके से नुक़सान पहुंचा रही थी, हालांकि मैं आज भी कहना चाहूंगा कि वह सब मेरे क्वांटम पलों से मुलाक़ात से पहले की बात थी। मैं आज भी अपने उन पलों को बहुत ही स्नेह और लगाव से याद करता हूं, जिन्होंने मुझे एक ऐसी दुनिया में पहुंचा दिया, जहां ज्ञान स्वयं ही जिज्ञासा का स्थान ले लेता है।

4. सहनशीलता!

क्वांटम पलों की चौथी विशेषता यह है कि ये हमेशा आपके साथ रहते हैं। मेरे उदाहरण में मुझे आज बीयर छोड़े हुए तीसरा दशक चल रहा है और मुझे फिर कभी उसे हाथ लगाने की आवश्यकता भी महसूस नहीं हुई। यदि मैं अपने उसी रास्ते पर चलता रहता तो निश्चित रूप से आपको यह सुनाने के लिए जीवित न होता।

जब हम अपने जीवन को जिज्ञासा से ज्ञान की ओर ले जाने की प्रक्रिया में होते हैं, तो हम उन क्वांटम पलों से गुज़रते हैं; जो अचानक घटने वाले, सजीव, स्नेही और एक सहनशील एहसास के रूप में सामने आते हैं। ये पल हमारी चेतना में एक ऐसा सजीव चित्र रच देते हैं, जिसे हम कभी भुला नहीं पाते। मैंने सुना है कि लोग इसका वर्णन अपने भीतर चल रहे गुनगुने पानी की बौछारों के रूप में करते हैं; जो पूरी उदारता के साथ उस अनंत से मेल कराने में सहायक होती हैं।

क्वांटम पलों के अनुभव के बाद जीवन में कैसा बदलाव आता है?

मैंने शुरू में जो पुस्तकें लिखीं, वे सब मनोविज्ञान पर थीं और पाठकों को उनकी मानसिक समस्याएं हल करने में सहायता देती थीं। मेरे पुस्तक प्रकाशन इतिहास के पहले पंद्रह सालों में ईश्वर या उस महान शक्ति का, कोई भी संदर्भ उनमें नहीं होता था। आज मेरे मूल्यों और लेखन में जिज्ञासा से लेकर आत्मज्ञान तक का बदलाव दिखाई देता है, जो बाद में मेरे जीवन और लेखन कैरियर में आया। यदि मैंने अपने जीवन की सुबह में बने कार्यक्रमों के अनुसार, जीवन की दोपहर को जीने का प्रयास किया होता तो मैं एक झूठा जीवन जी रहा होता, जैसे कि कार्ल जुंग अपने विचार की अंतिम पंक्ति में कहते हैं। (अध्याय के आरंभ में देखें)

उन क्वांटम बदलावों से पहले, मेरा जीवन काफ़ी हद तक अहं के हाथों गढ़ा गया था। संभवतः मैं भी उन स्त्री-पुरुषों की तरह ही प्रतिक्रिया देता; जिन्होंने क्वांटम बदलावों (क्वांटम चेंज) वाले अध्ययन

में भाग लिया था। जब लेखक ने उनसे उस बदलाव के बाद होने वाले अनुभवों के बारे में पूछताछ की तो उससे एक ही सार निकला 'व्यक्ति का मूल्य तंत्र प्रायः उलट-पुलट हो जाता है।'

पुरुषों के लिए क्वांटम बदलाव से पहले टॉप पांच मूल्य थे : धन, रोमांच, उपलब्धि, सुख और प्रतिष्ठा। मैंने इनकी व्याख्या सुबह के मूल्यों के रूप में की है यानी जिज्ञासा से आत्मज्ञान की ओर जाने से पहले के मूल्य। यहां हम कुछ और नहीं कहना चाहेंगे, क्योंकि अहं हमें यही सिखाता है कि सफलता के लिए इनका होना कितने मायने रखता है।

पहले मनुष्य ने सीखा कि अधिक से अधिक धन कमाने में ही उसका असली मोल छिपा है, उसके पास जितना धन होगा, उसे उतना ही मान दिया जाएगा। जो पुरुष बचपन से ही ऐसे समाज में पलते-बढ़ते हैं, जहां अहं द्वारा लगातार यही संदेश दिए जाते हों तो वे भी इन्हीं मूल्यों को बेहिचक अपना लेते हैं। एक पुरुष मान कर चलता है कि उसे समाज में सम्मान पाने के लिए बहुत सा पैसा कमाना होगा, साहसी बनना होगा, किसी भी क़ीमत पर सुख पाना होगा, स्वयं को सबके बीच ख़ास दिखाते हुए, किसी के साथ आत्मीयता स्थापित करनी होगी। 'मैं सबसे पहले। जब तक मैं सुख का अनुभव कर रहा हूं, तब तक सब सही है।' किसी भी क़ीमत पर इज़्ज़त पाने की यह इच्छा भी पुरुष-प्रधान समाज में युद्धों और संघर्षों का कारण बनती है।

जब इन्हीं पुरुषों के जीवन में (मेरे सहित) क्वांटम बदलाव आ गए तो उसके बाद उन्होंने जिन प्राथमिक मूल्यों को अपनाया; वही हमारी फ़िल्म का प्रमुख संदेश है। जब वे अपने जीवन की सुबह के दौर में थे, तो यह मूल्य किसी की भी प्राथमिकता की सूची में

नहीं था, वह था – आध्यात्मिकता। यह सही है कि जीवन की दोपहरी में प्रवेश के बाद आध्यात्मिकता उनकी सूची में सबसे ऊपर आ गई। वास्तव में, क्वांटम बदलावों के बाद उनके जीवन की पांच प्रमुख विशेषताएं या प्राथमिकताएं कुछ यूं हो गई – आध्यात्मिकता, आत्मशांति, परिवार, ईश्वर की इच्छा व ईमानदारी! यह समझना आसान होगा कि इस क्वांटम बदलाव को जीवन में बड़ा बदलाव लाने वाला पल क्यों कहते हैं? यह एक पूरी तरह से अलग बदलाव है; जो मनुष्य को अहं के प्रपंचों से परे हटाते हुए शांति, परिवार, प्रेम व निजी ईमानदारी जैसे मूल्यों की ओर खींच लाता है।

महिलाओं के लिए तो ज़िंदगी की सुबह से दोपहर में प्रवेश और अहं के संदेश और भी आकर्षक होते हैं। जब उन्हें क्वांटम बदलावों से पहले अपनी प्राथमिकताएं लिखने को कहा गया तो उनका सबसे पहला मूल्य था – परिवार। इसे जानकर आश्चर्य नहीं करना चाहिए, क्योंकि महिलाओं को पहले दिन से ही यह विश्वास दिलाया जाता है कि उनके लिए एक अच्छी मां/बेटी या पत्नी बनना ही सब कुछ है। मैं ऐसा कह कर मां-बेटी, बहू, दादी या नानी की स्त्रैण भूमिकाओं का अनादर नहीं कर रहा, मैं तो केवल यह कहना चाहता हूं कि हर औरत के जीवन में इन सब सूचियों को पूरा करने के अलावा एक और धर्म भी होता है। हालांकि वह अपनी पारिवारिक भूमिकाओं के चलते उस धर्म को अनदेखा कर देती है।

अगले कुछ मूल्य थे – आज़ादी, कैरियर, सबके अनुकूल बनना और आकर्षक दिखना। यही रवैया नाटकीय रूप से फ़िल्म में दिखाया गया है, जब सराह नामक पात्रा इस अनुभव से संघर्ष करती है। वे अच्छी मांएं बनने के साथ-साथ आज़ादी चाहती हैं और साथ ही कैरियर को अपनी लिस्ट में सबसे आगे मानती हैं। वे जीवन के उस बड़े बदलाव से पहले सबके अनुकूल चलने व आकर्षक दिखने

को भी अपनी प्राथमिकता सूची में स्थान देती थीं, किंतु जीवन की दोपहरी में प्रवेश के बाद और उन आश्चर्यजनक क्वांटम पलों को महसूस करने के बाद महिलाओं की प्राथमिकताओं में ज़मीन-आसमान का अंतर देखा गया।

इस क्वांटम बदलाव के बाद सूची कुछ यूं बन गई – व्यक्तिगत वृद्धि, स्वाभिमान, आध्यात्मिकता, प्रसन्नता व उदारता (क्षमाशीलता)। ये पांचों चीज़ें तो जीवन की सुबह के दौर में सूची में कहीं थी ही नहीं। जब वे महिलाएं अध्यात्म की ओर आईं तो उनकी अपने बारे में भी धारणा बदलने लगी। पहले वे अध्यात्म या स्वाभिमान जैसी बातों को महत्त्व नहीं देती थीं। इन क्वांटम पलों के बाद, उनके पास कुछ नए मूल्य आए, जो उन्हें एक नई दिशा में ले गए – जीवन की एक उद्देश्यपूर्ण दोपहर।

मैं विलियम आ. मिलर और जैनेट कैडीबाका को उनके महत्त्वपूर्ण अध्ययन के लिए सराहना चाहूंगा और आपको भी उनकी पुस्तक पढ़ने की राय देता हूं। मैं आश्वासन देता हूं कि ये आपको भी उतनी ही आकर्षक लगेगी जितनी मुझे लगी है।

✕

बेहतर होगा कि हम इस अध्याय के अंत में 'आत्मा की ओर वापसी' के बारे में चर्चा करें। जब हम नए बदलाव को अपनाते हैं तो यह हमारे जीवन की एक नई दिशा की ओर संकेत करता है। साथ ही फिर से जुंग के शब्द दोहराना चाहूंगा, "जो कि सुबह के समय अच्छा था, वह शाम को आम होगा और सुबह जो सच जान पड़ता था, वही शाम ढलते-ढलते झूठ हो गया है।"

जब हम अपने झूठे स्व को त्याग कर जीवन की सुबह से दोपहर व शाम में प्रवेश करेंगे; तो हमारे साथ-साथ उनका जीवन भी हर प्रकार के झूठ से मुक्त हो जाएगा, जिन्हें हम प्रभावित करते हैं। यही हमारे अगले व अंतिम अध्याय 'आत्मज्ञान' का सारांश है।

× × ×

अध्याय 4

आत्मज्ञान

"जीवन अर्थपूर्ण नहीं है...
जब तक यह स्वयं से परे जाकर
कोई सेवा नहीं कर रहा होता,
तब तक यह किसी दूसरे के लिए
कोई मायने नहीं रखता।"

अब्राहम जोशुआ हैशल

"मनुष्य के अस्तित्व को अर्थ देने का
एक संभव तरीक़ा यही है कि
संसार से उसके प्राकृतिक संबंध को उन्नत कर
आध्यात्मिक स्तर पर लाया जाए।"

अल्बर्ट शक्वीज़र

यहां हम अब अपनी बात के अंत तक आ पहुंचे हैं और विरोधाभास यह है कि, यह वही स्थान है, जहां से हम चले थे, जो हमारा मूल था। जिज्ञासा से आत्मज्ञान की इस यात्रा में हमारा लक्ष्य यही है कि हम उस स्थान तक लौट सकें, जो हमारा उद्भव स्थान था और टी.एस. इलियट के शब्दों में, "पहली बार स्थान को जानना।"

हम उद्देश्य व महत्त्व के एक स्थानहीन स्थान से आए हैं। जन्म लेते ही हम एक झूठे स्व से घिर जाते हैं, जिसे अहं कहते हैं और हम इसकी महत्त्वाकांक्षाओं की पूर्ति व संतुष्टि में ही पूरा जीवन लगा देते हैं। तब हम अपनी दिशा में एक परिवर्तन लाते हैं और अपने घर यानी मूल स्थान की ओर लौटना आरंभ करते हैं। अब हम जीवन की सार्थक और अर्थपूर्ण दोपहरी में हैं, एक ऐसा स्थान, जिस के बारे में इमेनुएल ने कहा है –

हमारा मन कोई भी उपाय या तरीका नहीं जानता,
हमारा ह्रदय पहले से ही वहां है,
और हमारी आत्मा ने उसे कभी छोड़ा ही नहीं,
घर में स्वागत है!!!

अपने घर लौटने के बाद, हम जो भी श्वास लेते हैं, वह हमारे जीवन के उद्देश्य का प्रकटीकरण होता है। अब हम किसी भी तरह की जीत के लिए; दूसरों की स्वीकृति पाने के लिए; उनकी अपेक्षाओं

पर खरे उतरने के लिए; हमारे धर्म के बारे में दूसरे के विचारों की पूर्ति के लिए; कुछ पाने या दिखाने के लिए संघर्ष नहीं करते। हम संघर्ष, निश्चितता, सही दिखने, लड़ने, दूसरों पर प्रभुत्व जमाने, उलझने और स्वयं को ऊंचा दिखाने के भावों से भी मुक्ति पा लेते हैं। जब हम अपने घर पहुंचते हैं, तो अहं के ये सभी साधन कमजोर होने लगते हैं, अपना आकर्षण खो देते हैं; वहां ज्ञान हमारा स्वागत और अभिनंदन करता है।

कई वर्ष पूर्व, मैंने अपने मित्र रामदास से हुई बातचीत के बाद ये शब्द लिखे थे – "अपने पूरे जीवन में, मैं कुछ-न-कुछ बनना चाहता था। अब मैं अंततः कुछ बन गया हूं, किंतु ये तो मैं नहीं हूं।" मैंने कुछ ऐसा बनना चाहा, जिसे सभी सराहें; उसके अहं की ताक़त, महान उपलब्धियों, धन के संग्रह और श्रेष्ठता के तमगों के लिए प्रशंसा करें... यद्यपि अब मुझे एहसास हो रहा है कि वह तो मैं नहीं था। अहं के सभी अंग तो स्थापित हो गए, किंतु मुझे एक सत्य स्वीकारने से पहले कई मीलों की यात्रा करनी होगी, ताकि मैं कह सकूं कि "मैं अपने धर्म के अनुसार जी रहा हूं। मैं अपने उद्देश्य के अनुसार चल रहा हूं और मेरे जीवन के भी कुछ मायने हैं।"

इस अध्याय के आरंभ में दिए गए अब्राहम हैशेल के शब्द हमें बताते हैं कि हमसे क्या छूट गया है? वे ध्यान दिलाते हैं कि "जब तक कोई जीवन अपने से परे जाकर कोई सेवा न कर रहा हो; या फिर किसी दूसरे के लिए कोई मायने न रखता हो; तब तक उसमें सार्थकता की तलाश निरर्थक ही है।"

मैं जो कुछ भी बनना चाहता था; और जो कि बन भी गया, 'वह' तो प्रामाणिक रूप से 'मैं' था ही नहीं। मैं भी किसी दूसरे या आप की तरह इस संसार में आया और मेरे पास कुछ नहीं था यानी कोई वस्तु नहीं थी। मैं इसी तरह इस संसार को छोड़ूंगा,

यानी तब भी मेरे पास कुछ नहीं होगा। मेरा निष्कर्ष? चूंकि हम अपने संग्रह या जोड़ी गई संपत्ति में से अपने साथ कुछ नहीं ले जा सकते, इसलिए अपने जीवन में केवल इतना ही कर सकते हैं कि इसे दूसरों को दें।

अल्बर्ट के शब्दों को मैंने अध्याय के आंरभ में लिया है, मैं प्रायः उनके शब्दों का संदर्भ देता हूं, क्योंकि वे मुझे विशेष रूप से प्रिय हैं। वे कहते हैं कि जीवन को सार्थक करने का एक उपाय यह हो सकता है कि हम अपनी चेतना को आध्यात्मिक जागरूकता की ओर ले जाएं और भौतिकता से ध्यान को परे रखें। इसका अर्थ होगा कि हमें ईश्वर की तरह सोचना-सीखना है, मैंने अपनी पूरी पुस्तक और फ़िल्म में भी इसी बात पर बल दिया है। यह सबसे बड़ी शिफ्ट यानी बदलाव है – अहं से परे जाकर आत्मा की एकता की ओर लौटना, झूठे स्व से मुक्ति पाकर जीवंत हो उठना।

एक सार्थक जीवन के लिए तैयार होना

हम घर के इस अहं रहित स्थान में अपने जीवन को कैसे जी सकते हैं? यदि आप इस विषय में संदेह रखते हैं, तो लाओत्से के शब्दों से हमें इसे पाने के लिए कुछ संकेत मिल सकते हैं।

सबसे पहले, वे बताते हैं कि धरती पर ही स्वर्ग जैसा भाव पाने के लिए क्या चाहिए, जिसे हम 'नश्वरता' भी कह देते हैं।

> नश्वरता प्राप्ति की रहस्यमयी तकनीकें केवल उन्हीं पर प्रकट होती हैं, जिन्होंने द्वैत, संघर्ष और आडंबर के सभी सांसारिक बंधनों से स्वयं को मुक्त कर लिया हो। जब तक आपकी उथली सांसारिक महत्त्वाकांक्षाओं का अस्तित्व रहेगा, तब तक वे द्वार नहीं खुलेंगे।

यदि हम इस प्रक्रिया को आरंभ नहीं कर पाते तो दूसरे शब्दों में कह सकते हैं कि हम केवल अहं की कुंठाओं के साथ ही जीवित रह जाते हैं और नश्वरता प्राप्ति के वे द्वार हमारे लिए नहीं खुल पाते। यदि हम एक सार्थक जीवन जीना चाहते हैं, तो हमें अपने अहं से मुक्ति पानी होगी और लाओत्से के शब्दों में –

उन सबसे जब आप उच्च जागरूकता और निष्पक्ष
सद्‌गुणों के अभ्यास के बल पर, उस दिव्य बोध के साथ
अपनी ऊर्जा को एकाकार करने में सफल हो जाएंगे,
तभी अंतिम गूढ़ सत्यों का रूपांतरण संभव हो पाएगा।

जब हम भौतिक जगत से अपने बंधनों को समाप्त कर उस दिव्य बोध के संपर्क में आते हैं, तो हमें स्वयं से भी परे जाकर मार्गदर्शन पाने का अवसर प्राप्त होता है। तब हम उद्देश्य और महत्त्व के उस जीवन को दैनिक रूप से अनुभव कर पाते हैं। यह अहं से कोई संबंध नहीं रखता।

लाओत्से 2500 वर्ष पूर्व ही इस सत्य को जानते थे और ईसा मसीह भी पांच सौ वर्ष बाद न्यू टेस्टामेंट की शिक्षाओं के माध्यम से हमें इसकी याद दिलाते हैं – अर्थ से परिपूर्ण जीवन हमारा और प्रकृति की संपूर्णता का उत्सव मनाता है – हम प्रत्येक के साथ और अपने आसपास की प्रत्येक वस्तु के साथ पूरी तरह से सामंजस्य में होते हैं। हालांकि ये सामंजस्यपूर्ण अवस्था तब तक प्राप्त नहीं की जा सकती, जब तक हम रूपों को त्याग नहीं देते। एक आत्मिक और उद्देश्यपूर्ण जीवन में प्रवेश के लिए आवश्यक है कि हमें अपने जीवन को भी देना होगा। यदि अहं से ऐसी बात कही जाए तो वह इसका उपहास करेगा और यहां तक कि काफ़ी समय देते हुए,

हमें यह भी समझाना चाहेगा कि इसके भयंकर परिणाम सामने आ सकते हैं।

✕

प्रामाणिक स्व या स्वरूप आश्चर्यचकित होता है – मैं सेवा कैसे दे सकता हूं? वहीं दूसरी ओर अहं का रवैया है – मुझे दो, मुझे दो, मुझे दो – मुझे और चाहिए, मैं कभी संतुष्ट नहीं हो सकता। हो सकता है कि पहले-पहल हम इसे देख न पाएं, किंतु यदि हम ध्यान दें तो यह स्पष्ट हो जाता है कि यह ऊर्जा दबाव, तनाव और उद्वेग पैदा करती है, क्यों? क्योंकि अहं से मैत्री भाव का अर्थ होगा कि हमने एक मांगपूर्ण और चुनौतीपूर्ण वातावरण में जीने का विकल्प लिया है। हमें इस बात का एहसास नहीं हुआ है कि हमारे पास प्रामाणिक आदर्शों से भरपूर और मांग से रहित वातावरण को भी चुनने का अधिकार है। आकर्षण का नियम दूसरे रूप में भी काम करता है!

हम ब्रह्मांड से जितना अधिक मांग करते हैं, हमसे भी उतनी ही मांग की जाती है। हम जितना अधिक देते हैं, हमें उतना ही अधिक दिया जाता है। ये सचमुच हमारे भीतर से उत्पन्न हो रही प्रवृत्तिगत ऊर्जा का विषय है। लगातार आवश्यकताओं के बारे में सोचने से, वही ऊर्जा अधिक मात्रा में हम तक लौट कर आती है। जब हम निरंतर दूसरों को देने के विचारों को अपनाते हैं, तो बदले में वही ऊर्जा पाते हैं यानी ब्रह्मांड हमें देता है।

अब लाओत्से की बात पर लौटते हैं; वे कहते हैं –

आपके लिए नश्वरता या अमरता प्राप्त करना पूरी तरह से संभव है,
आप शाश्वत आनंद और स्वतंत्रता का भी अनुभव कर सकते हैं
भेदभाव से परे सद्‌गुणों का अभ्यास ही
इसका एक अंतिम साधन है।

दयालुता और निःस्वार्थता के अभ्यास से, आप प्राकृतिक रूप से अपने जीवन को अखंड भाव से चला सकते हैं। 'लक्ष्य प्राप्ति' इस प्राचीन शिक्षा की एक समकालीन व्याख्या है। मैं आशा करता हूं कि आप जान गए होंगे, अहं व इसके स्वार्थ से भरपूर साधनों से उद्देश्य की प्राप्ति नहीं की जा सकती। आप इसे अपने ही एक अंश से पा सकते हैं, जो कि पूरी तरह से निःस्वार्थ है। ऊपर दी गई पंक्तियों में लाओत्से 'अविभाज्य सद्गुणों' की बात करते हैं – आपके लिए आनंद और स्वतंत्रता प्राप्ति का यही मार्ग है, जो कि एक उद्देश्यपूर्ण जीवन की ओर ले जाएगा।

चार प्रमुख सद्‌गुण, जिनके मेल से मूल प्रकृति बनी है

ब्रायन वॉकर द्वारा लिखित, 'हुआ ही चिंग – लाओत्से की अज्ञात शिक्षाएं', नामक पुस्तक मुझे बहुत प्रिय है। इन पृष्ठों में वे उन चार सद्गुणों या विशेषताओं की चर्चा करते हैं, जिनके मेल से हमारी मूल या आधारभूत प्रकृति बनी है। यदि हमें इस ब्रह्मांड के सत्य को जानना है और इस भौतिक रूप में ही जीवन के मूल अर्थ को पाना है, तो हमें इन सद्गुणों का निश्चित रूप से अभ्यास करना चाहिए। यद्यपि ब्रायन वॉकर ने प्रत्येक विषय का बहुत अच्छा वर्णन किया है, किंतु यहां मैं इन्हें विस्तृत रूप से देना चाहूंगा –

1. प्रत्येक जीवन के प्रति आदर-मान

हम जीवन को इस प्रकार आरंभ करते हैं कि अहं बड़े ही जटिल रूप में हमसे जुड़ जाता है। यह हमारे जीवन से आनंद छीन कर सदैव इसी प्रयास में रहता है कि हम कहीं न कहीं, कुछ न कुछ पाते रहें और अंततः हम अर्थ की तलाश व इच्छा में अपने ही घर यानी मूल स्वभाव की ओर लौटते हैं। ऐसा जान पड़ता है कि इस वापसी ने ही वाल्टेयर को ये शब्द लिखने के लिए विवश किया होगा –

> "हर कोई पहले जीवन को सादगी से ही आरंभ करता है, फिर जटिलता की बारी आती है और फिर उस श्रेष्ठ व उच्च प्रबोध के बल पर व्यक्ति अंततः सादगी पर ही लौटता है। यही मानवीय बुद्धिमत्ता के चरण हैं।"

जब हम अपने ही अतीत की ओर वापिस आते हैं, तो एक तरह की आश्चर्यजनक ऊर्जा से भर उठते हैं। हम बड़ी हार्दिकता से उस रहस्यमयता का स्वागत करते हैं और हम सामान्य से सामान्य गतिविधियों में भी नया आनंद पाने लगते हैं। तब हम दूसरों से भी वह बनने की उम्मीद नहीं रखते, जो कि वे नहीं हैं। जीवन के इस अर्थपूर्ण चरण में, हम अहं द्वारा हम पर थोपी गई जटिलताओं से मुक्त हो जाते हैं और इस तरह हमारे मन में जो आदर-मान का भाव उत्पन्न होता है, वह उसी अद्‌भुत भाव जैसा होता है, जो हमें प्रकृति के समीप जाने से प्राप्त होता है। अब हमें बहती हवा की आवाज़ में एक नया ही सुर सुनाई देता है, हम आंधी तूफान के वेग व क्रोध का अनुभव कर पाते हैं, फूलों के साथ अठखेलियां करती तितलियां और अपने काम में मग्न मधुमक्खियां भी भाने लगती हैं।

यह पहला प्रधान सद्‌गुण हमारे अपने व दूसरों के प्रति शर्तों से

रहित आदर-मान व प्रेम को प्रकट करता है। जब हम प्रत्येक जीवन को आदर देते हैं, तो दूसरों के मामले में हस्तक्षेप, प्रभुत्व या दूसरों को नियंत्रित करने की इच्छा का कोई अस्तित्व ही नहीं रह जाता। हम कवि रॉबर्ट फास्ट के इन मधुर शब्दों को सराहने लगते हैं – "हम वस्तुओं से प्रेम करते हैं, वे जैसी हैं, हम उन्हें उसी रूप में चाहते हैं।" जब हम इस पहले सद्गुण का अभ्यास करते हैं, तो हम दूसरे लोगों या परिस्थितियों को अपनी इच्छानुसार चलाने की चाहत नहीं रखते, जो कि अहं को ख़ासतौर से प्रिय होता है।

नगर में सबसे बड़ी इमारत बनाने के दो तरीक़े हो सकते हैं – एक तरीका तो अहं का है, वह दूसरे भवनों को तब तक दबाएगा, जब तक कि वह सबसे ऊंचा भवन न बना ले। इस उपाय के साथ सबसे बड़ी समस्या यही है कि यह निरंतर संघर्ष की स्थिति पैदा करता है। जब लोगों की उपलब्धियों को कोई नीचा दिखाता है या नष्ट कर देता है, तो उन्हें यह पसंद नहीं आता! सबसे पहली प्रतिक्रिया गुस्से के रूप में सामने आती है; इसके बाद बल और प्रतिबल का खेल चलता है और जल्द ही आपस में युद्ध छिड़ जाता है। अहं इसी तरह से चालें चलता है, उसके पास दूसरे के लिए कोई स्नेह या आदरभाव नहीं होता, वह केवल प्रतियोगिता करना जानता है, ताकि स्वयं को विजेता घोषित कर सके। वास्तव में अहं सदा किसी ऐसे की तलाश में रहता है, जिस पर वह प्रभुत्व जमा सके।

शहर में सबसे ऊंचा भवन पाने का दूसरा तरीक़ा आत्मा से संबंधित है, जो जिज्ञासा पर आत्मज्ञान को महत्त्व देता है। यह तरीक़ा जहां हमें अपने भवन से जुड़े प्रयासों में ऊर्जा देने का आग्रह करता है, वहीं इस विषय में दूसरों के प्रयासों को आदर देने को भी कहता है। यहां हमें जीतने या प्रतियोगिता करने की भी कोई आवश्यकता

नहीं है। यहां किसी भी तरह का बल प्रयोग नहीं है, जो सदा संघर्ष को न्यौता देता हो।

प्रत्येक जीवन के प्रति आदर-मान में, ईश्वर की प्रत्येक रचना, ग्रह व ब्रह्मांड के प्रति भी स्नेह शामिल है। जब हम इस पहले प्रधान सद्गुण का अभ्यास करेंगे तो पूरे संसार में व अपने भीतर भी परम शांति का अनुभव कर पाएंगे। जीवन के इस अर्थ चरण में, हम अपने साथ निरंतर चल रहे संघर्ष के स्थान पर महान ताओ को प्राथमिकता देते हैं।

2. प्राकृतिक ईमानदारी

दूसरा प्रधान सद्गुण चाहता है कि हम दैनिक जीवन में भी ईमानदारी के गुण को अपनाएं। अनिवार्य रूप से इसका अर्थ यह नहीं है कि हम केवल नियम तोड़ने से ही बचेंगे; बल्कि हमें प्रामाणिक तौर पर अपने अस्तित्व का आनंद पाने का मार्गदर्शन भी प्राप्त होगा।

अहं के वश में चलने वाले महत्त्वाकांक्षा के चरण में, हमारे झूठे और अप्रामाणिक स्व का ही प्रभुत्व होता है। उस समय, हम क्या हैं; यह हमारे संग्रह, उपलब्धियों, स्वीकृति पाने और सबसे अलग अपनी एक ऊंची सत्ता बनाने पर ही निर्भर करता है। हम जो नहीं हैं; यदि निरंतर वही बनने के प्रयास में लगे रहे तो कभी भी सही मायनों में प्राकृतिक रूप से ईमानदार व गंभीर नहीं बन पाएंगे। अक्सर अहं के कारण यही तो होता है।

जैसे कि विलियम शेक्सपीयर ने 'हैमलेट' में कहा है – "ईश्वर ने तुम्हें एक चेहरा दिया है और तुम अपने-आप एक दूसरा बना लेते हो।" जब तुम अहं की छवि के अनुसार अपने चेहरे में बदलाव लाते हो तो कुदरतन ईमानदार होने की संभावना वहीं लुप्त हो

जाती है। जब आप लोगों की अपेक्षाओं की परवाह किए बिना उन्हें अपने असली रूप को देखने देते हैं और कोई भय अनुभव नहीं करते, तब आपकी यही विशेषता सामने आती है। आपकी वाणी और व्यवहार बुनियादी तौर पर यही संदेश देते हैं – मैं यही हूं। मैं इस संसार में एक नियति को पूरा करने के लिए आया हूं, जो कभी मौन नहीं होती।

बच्चों के लिए लिखने वाले डॉ. सयूस की ये पंक्तियां भी इसी सद्गुण के बारे में कह रही हैं – "आप जो भी हैं, वही रहें और वही कहें, जो महसूस करते हैं क्योंकि जो बुरा मानते हैं, वे आपके लिए कोई मायने नहीं रखते और जो आपके लिए मायने रखते हैं, वे कभी बुरा नहीं मानते।"

यह बिल्कुल सच है, जो लोग मायने रखते हैं, वे कभी आपकी प्राकृतिक गंभीरता का बुरा नहीं मानते। वे जानते हैं कि आप एक उद्देश्य और सार्थकता से भरपूर जीवन चाहते हैं और वे इस विषय में आपको सराहते भी हैं। वे चाहते हैं कि आप स्वयं की तलाश के इस अनुभव का भरपूर आनंद लें और कुछ ऐसा बनने की चाह में न तड़पें, जो आप कभी थे ही नहीं।

मैं अक्सर ऐसे लोगों से बात करता हूं, जो अपने मूल स्वभाव के प्रति उदासीन रवैया रखते हैं। वे अपने काम के प्रति दुख व असंतुष्टि को प्रकट करते हैं, उन सूटों और टाइयों के लिए झींकते हैं, जो उन्हें काम के दौरान पहनने पड़ते हैं, काम के घंटों पर नाराज़गी जताते हैं और साथ काम करने वालों के नाम पर बिदकते हैं।

वास्तव में ये सब लोग, बहुत ही बेईमानी से भरी जगह में जी रहे हैं, जो कि उन कारकों से संचालित हैं, जिन्हें वे अपनी परिभाषा मानते आए हैं। बेशक, यदि उनसे पूछा जाए कि वे ईमानदार हैं या नहीं तो पूरा ज़ोर देकर स्वयं को ईमानदार कहलवाना चाहेंगे, पर

सच्चाई तो यही है कि वे प्रायः अर्थ से रहित हैं, उनके पास धर्म को पूरा करने की संतुष्टि नहीं होती, जिसे पूरा करने के लिए वे इस धरती पर आए हैं।

मैं हमेशा इस स्थिति में पड़े स्त्री और पुरुषों को थोरियू की पंक्तियों पर विचार करने को कहता हूं, ये पंक्तियां प्राकृतिक या स्वाभाविक ईमानदारी को प्रोत्साहित करती हैं – "यदि कोई पूरे आत्मविश्वास के साथ अपने सपनों की दिशा में अग्रसर होता है और अपना कल्पित जीवन जीने के लिए प्रयास करता है, तो वह सामान्य घंटों में भी अनपेक्षित सफलता पा लेता है।"

यह मत पूछो कि संसार क्या चाहता है तथा दूसरों के विचार से तुम्हें अपने जीवन को कैसे चलाना चाहिए। इसकी बजाय स्वयं से पूछो कि आप किस बात से स्वयं को जीवंत महसूस करते हैं, क्योंकि किसी भी बात से बढ़ कर संसार को सही मायनों में ऐसे स्त्री-पुरुषों की आवश्यकता है, जो जीवंत हैं। संसार को स्वाभाविक रूप से ईमानदार लोग चाहिए, जो पूरे जुनून के साथ; अपने व दूसरों के जीवन को बेहतर बनाने के लिए कुछ कर सकें। परमार्थ ही परम धर्म है और ऐसा ही लाओत्से ने कहा है कि हमें पूरी निष्ठा के साथ भलाई के पथ पर दृढ़ रहना चाहिए।

3. दयालुता

ज्ञान से परिपूर्ण जीवन जीने के लिए तीसरा सद्गुण है – दयालुता व दूसरों के प्रति सेवा भाव! जैसा कि अब तक आप जान ही गए होंगे कि यह शैली अहं को नहीं भाती। झूठा स्व तो निरतंर दूसरों को दबाने व नीचा दिखाने के प्रयास में लगा रहता है, क्योंकि वह खुद को सबसे अलग मानता है। इसे अपने संबंधों से उपजी प्रतियोगिता से भी भय लगता रहता है, जो लगातार इस पर दबाव

बनाए रखती है और किसी दूसरे अहं के साथ टकराव के समय प्रतिहिंसा भी पैदा हो जाती है।

हमारा उच्चतम स्व दूसरों से किसी प्रकार का भय अनुभव नहीं करता, क्योंकि इसने सबसे अलग होने के भाव को ही कभी नहीं स्वीकारा। स्वयं को अलग न मानते हुए, एक उद्देश्यपूर्ण जीवन की इच्छा हमारे भीतर दूसरों के साथ ऐक्य की भावना भरती है। सबसे संबंध रखने का यह भाव करुणा की ओर प्रवाहित होता है; अंततः हम इस संसार के प्रति मानवीय, विनम्र और दयालुता का व्यवहार रखने लगते हैं, क्योंकि हम अपने मूल स्वभाव की ओर लौट आए हैं। डॉ. मार्टिन लूथर किंग जूनियर के शब्दों में – "हम सब पारस्परिकता के एक ऐसे जाल में बंधे हैं, जिससे हम बच नहीं सकते; हम सब नियति के एक ही वस्त्र में बंधे हैं। जो कुछ भी किसी एक को प्रत्यक्ष रूप से प्रभावित करता है, वही बाकी सब पर अप्रत्यक्ष प्रभाव डालता है।"

जब तक हम हिंसा पर केंद्रित रहेंगे, तब तक अर्थ का अनुभव नहीं कर सकते। किसी भी रूप में, किसी भी कारण से, दूसरों को जीतने और नीचा दिखाने की सोच हमें हमारे मूल स्वभाव की दयालुता तक जाने ही नहीं देती। जैसे कि ताओ ते चिंग में लिखा है –

हथियार विनाश के लिए बने हैं
बुद्धिमानों को इनके प्रयोग से बचना चाहिए।

हथियार ही केवल मौत का साधन नहीं हैं; हमारे शब्द और कर्म भी यह भूमिका निभाते हैं। एक सार्थक जीवन में दयालुता के महत्त्व पर विचार करें तो, हम पाते हैं कि यह किस प्रकार हमें दूसरों के साथ एकता के बंधन में बांधता है। लाओत्से और ईसा मसीह, दोनों

ने ही लोगों व समुदायों के बीच निरतंर चल रहे संघर्षों व युद्धों के निरीक्षण के बाद हमें कहा कि यदि जीवन में ज्ञान व लक्ष्य पाना है तो इन सबसे दूर, अपने ही पास जाना होगा।

मनुष्य की मनुष्य के प्रति अमानवीयता के कारण न जाने कितनी जानें चली जाती हैं, जो कि झूठे अहं के कारण होता है। और ये सब किसलिए? प्राचीन गांवों में न जाने कितने लोगों का वध कर दिया जाता था कि कोई एक वहां राज कर सके, पहाड़ी पर कब्ज़ा कर सके या राजधानी को अपना बना सके। यदि इतिहास पर नज़र दौड़ाएं तो सदियों से चली आ रही इस हिंसा की परंपरा को देख सकते हैं, जिनमें से बीसवीं सदी सबसे अधिक हिंसक रही है। आज हम हैं कहां? हम अपनी पनडुब्बियों और दूसरे छिपे स्थानों में हथियार बनाकर छिपाते आ रहे हैं, ताकि इस ग्रह पर आने वाले जीवनों का सर्वनाश कर सकें। बेशक ये सब अहं के ही खेल नहीं तो और क्या हैं?

हमें अहं के वश में बंधी महत्त्वाकांक्षा से मुक्ति पानी होगी और एक ऐसे अस्तित्व की ओर जाना होगा जो इस धरती पर हम सबके लिए कहीं जिज्ञासापूर्ण हो। यदि हम ऐसा बदलाव ला सके तो हिंसा को भुलाकर दयालुता और करुणा का प्रचार कर पाएंगे, उस समय हमारे जीवन में आने वाला बदलाव सचमुच दर्शनीय होगा। हमें एहसास होगा कि हम अंततः अपने घर पहुंच ही गए और हमें अपने ही तरीके से सोचने और कार्य करने की क्षमता भी प्राप्त होगी। हम सही उद्देश्य का अनुभव कर पाएंगे। हम अर्थ पर आधारित एक सच्चे जीवन को जीने का आनंद ले पाएंगे।

4. सहायता व समर्थन

चौथा सद्गुण हमें बताता है कि यदि हम अपने वास्तविक स्वरूप के

साथ जीते हैं, तो सदैव कहीं न कहीं से सहायता व सर्मथन पाते हैं। हम जब अहं द्वारा हम थोपी गई महत्त्वाकांक्षा से मुक्त हो जाते हैं तो उद्देश्य के उस रूप को अनुभव कर पाते हैं, जो हमारे जीवन में सहायक बनता है। दूसरों के प्रति सहायता व समर्थन भाव का मतलब है कि आप बिना किसी अपेक्षा या पुरस्कार की आशा के बिना मदद देते हैं, यहां तक कि एक बदले में एक धन्यवाद भी नहीं चाहते। यह उद्देश्यपूर्ण जीवन का एक अभिन्न अंग होता है। यह ईश्वर की तरह सोचने का एक निश्चित और पक्का तरीक़ा है। जब अल्बर्ट आइंस्टाइन इस सृष्टि के रहस्य प्रकट करने जा रहे थे, तो यही उनकी पहली प्राथमिकता और प्रोत्साहन रहा था। जब हम स्वयं को दिव्य रूप में देखते हैं – ईश्वर का व्यक्तिगत प्रकटीकरण, तो हम सही मायनों में जान पाते हैं कि वास्वत में रचनात्मक बल कैसे काम करते हैं?

ईश्वर अपने हाथों से क्या करता है? क्या वह कोई विशेष उपचार चाहता है? क्या वह सहायता चाहता है? क्या वह आपसे आभार की अपेक्षा रखता है? क्या वह अपने लिए वस्तुओं का संग्रह करता है? क्या वह चिंता करता है कि लोग उसके कार्य को किस रूप में लेंगे? ये सभी प्रश्न झूठे स्व से उपजते हैं, ये ऐसे प्रश्न हैं जिनके लिए हम मिथक और झूठे किस्से गढ़ते हैं, जबकि इन सभी प्रश्नों का एक ही सच्चा उत्तर है – ईश्वर अपने हाथों से केवल देने व रचने का ही कार्य करता है और निरंतर देता ही जाता है। बस यही सार है।

यह चौथा प्रधान सद्गुण या विशेषता बताती है कि हमारा मूल स्वभाव और जीवन का उद्देश्य सूर्य की तरह है। यदि हम सूर्य से पूछें कि वह सदा प्रकाश क्यों देता है, तो इसका निश्चित रूप से उत्तर यही होगा कि – "मेरा तो स्वभाव ही ऐसा है।" हम भी

जीवन के साथ केवल यही कर सकते हैं कि इसे दूसरों की सेवा में लगा दें। यदि हम मानवीय अनुभव से भरपूर एक सार्थक और उद्देश्यपूर्ण जीवन जीने वाला आध्यात्मिक जीव बनना चाहते हैं, तो उसकी तुलना में कोई भी और कैसी भी उपलब्धि छोटी ही है। हम जो चाहते हैं, उसे आकर्षित नहीं करते; हम उसे ही आकर्षित करते हैं, जो हम हैं। असीसी के सेंट फ्रांसिस की प्रार्थना से भी यह स्पष्ट होता है – "देने में ही तो हम पाते हैं।" देने का भाव हमें ईश्वरीय कर्म के निकट ले जाता है; नतीजन ब्रह्मांड हमारे लिए ऐसे अवसर उत्पन्न करता है, जो हमारे देने और समर्थन करने के स्वभाव से मेल खाते हैं।

पहले-पहल, मैंने बताया था कि हम ब्रह्मांड को जैसी भी ऊर्जा देते हैं, वह भी उसी रूप में कंपनयुक्त ऊर्जा लौटाता है। मैं सेवा कैसे कर सकता हूं? हम सहायता की ये ऊर्जा भेजते हैं और बदले में अवसर पाते हैं। हम जीवन के प्रति इस पहल की सुंदरता को देखते हैं, हम रूप में इसे नहीं पाते, जिसे आकर्षित करते हैं। यह तो एक संतुष्टि से भरा अद्भुत एहसास है, जो महात्वाकांक्षा और स्व-केंद्रित मांगों का स्थान ले लेता है। हम जीवन के अर्थ के साथ जी रहे हैं।

हम फिर से शेक्सपीयर की बात करते हैं, हेनरी सिक्सथ के तीसरे भाग में उनके निरीक्षण को मैं बहुत पसंद करता हूं –

मेरा मुकुट तो मेरे ह्रदय में है, मेरे सिर पर नहीं,
यह हीरों और भारतीय जवाहरातों से नहीं जड़ा,
न ही दिखता है। मेरा मुकुट संतोष कहलाता है :
एक ऐसा मुकुट, जिसका आनंद कोई-कोई राजा ही ले पाता है।

यदि कोई मुझसे निजी रूप से मेरे प्रिय आदर्श की बात करे, तो मैं मदर टेरेसा का नाम लूंगा। जिन्होंने अपने जीवन के बाद के सारे वर्ष दूसरों की सेवा और अध्यापन कार्य में लगा दिए। एक बार उन्होंने कहा था – "प्यार अपने-आप में अकेला हो ही नहीं सकता। तब इसका कोई उद्देश्य ही नहीं रह जाता। प्यार का कोई असली ज्ञान तभी होगा जब आप इसे सेवा भाव से जोड़ेंगे।" इन शब्दों ने मुझे प्रेरणा दी और मुझे अहं की महत्त्वाकांक्षा से परे जाकर एक ऐसा जीवन जीने में मदद दी, जो दूसरों की सेवा में ही सुख पाता है।

आज मेरा जीवन पूरे सौ प्रतिशत तक, किसी-न-किसी रूप में, दूसरों की सेवा में लगा है। हर दिन धन्यवाद की प्रार्थना से आरंभ होता है। सुबह उठते ही मेरे मुख से पहले शब्द यही निकलते हैं। इस तरह मैं उन सबके प्रति आभार प्रकट कर पाता हूं, जो मुझे दूसरों की सेवा का अवसर प्रदान करते हैं। जैसे कि जाने-माने सूफ़ी कवि रूमी ने एक बार ऐलान किया था – "अगर तुम पूरे दिन में प्रार्थना का एक ही शब्द मुंह से निकालते हो तो वह शुक्रिया ही होना चाहिए।"

मैं अपने दिन का आरंभ करने से पहले किसी के लिए कुछ करने का पूरा प्रयास करता हूं। चूंकि मेरे पास बहुत से पत्र आते हैं, मैं अक्सर लोगों को अपनी कोई पुस्तक, 'लक्ष्य-प्राप्ति' मूवी की डी. वी. डी., सी. डीज़ का सैट, कोई ख़ास डी.वी.डी. या कुछ ऐसा भेज देता हूं; जो किसी अजनबी के दिल को भी रोशन कर दे और मेरा सरप्राइज़ पैक उसे एहसास दिला सके कि इस दुनिया में दूसरों की परवाह करने वाले लोग अभी जीवित हैं और मैं उनमें से एक हूं। मुझे ऐसा करने में बेहद खुशी होती है।

जब मुझे पता चलता है कि किसी के प्रियजन की मृत्यु हो गई है या कोई अस्पताल में बीमार पड़ा है, तो मैं उसे फ़ोन कर देता हूं। कभी-कभी बंद लिफ़ाफ़े में किसी ऐसे को रुपए भेजता हूं, जो मेरे ही समुदाय में काम करता है। अगर मैं किसी रोड पर स्थित होटल में हूं तो मुझे सेवा देने वाले सहायक-सहायिकाओं को अचानक नक़द पुरस्कार देकर आश्चर्य में डाल देता हूं। मैं जो कुछ भी कर रहा हूं, यह किसी तरह की पहचान पाने के लिए नहीं है, किंतु मैं वास्तविक जीवन के कुछ उदाहरण प्रस्तुत करना चाहता हूं कि किस तरह जीवन में अर्थ तक आने से दैनिक जीवन प्रभावित होता है।

हम असंख्य तरीक़ों से दूसरों को दे सकते हैं। इससे कोई अंतर नहीं आएगा कि हम क्या करते हैं – ख़ास बात यह है कि हमने सदा अपने लिए सोचने से ध्यान को हटाकर दूसरों को कुछ देने के लिए केंद्रित करना है। हमें मानवता से भरपूर आचरण का अभ्यास करना चाहिए, ताकि अहं को परे रखा जा सके...और यह सब बिना किसी पुरस्कार की अपेक्षा के किया जाना चाहिए।

जब मेरे जीवन पर इच्छाओं और मेरे अहं की मांगों का राज चलता था, तो मैं संग्रह में विशेष रुचि लेता था। मुझे अपने संग्रह को घटाना अच्छा नहीं लगता था, किंतु अब मुझे ऐसा करना बेहद पसंद है। मैं प्रायः अपनी अलमारियों, पुस्तकालय और निजी संग्रह की वस्तुओं में से दूसरों को देता रहता हूं और बदले में धन्यवाद तक पाने की अपेक्षा नहीं रखता। मुझे अब ढेरों सी विलासिता की आवश्यकता नहीं रही। वास्तव में, मेरा सामान जितना कम होता जा रहा है, आसपास का वातावरण उतना ही हल्का और जीवंत लगने लगा है। मैं पहले से काफ़ी बेहतर महसूस करता हूं। जैसा कि मैंने पहले भी कहा, मैं स्वयं को दूसरों की सेवा और सहायता दिए बिना, अपने एक भी दिन को खाली नहीं जाने देता।

विरोधाभास यह है कि मैं जितना देता जाता हूं और दूसरों पर जितना अधिक समय, क्षमता और धन लगाता जाता हूं, बदले में उससे कहीं अधिक पाता भी हूं। यह सब एक चक्र की तरह गतिमान है, चूंकि अब मेरे जीवन में अहं का कोई स्थान नहीं रहा इसलिए मैं जितना अधिक पाता हूं, उतना ही अधिक देने में सक्षम अनुभव करता हूं।

मैं स्वयं को निरंतर इस चौथे सद्‌गुण की याद इसलिए भी दिलाता रहता हूं, क्योंकि अहं इतनी आसानी और मर्यादा के साथ पीछा छोड़ने को तैयार नहीं होता। यह अचानक ही बार-बार उभर आता है, मुझे मजबूर करता है कि मैं सबको भुला कर पहले अपने बारे में सोचूं, जो भी मिले उसे अपने लिए बटोर लूं और विवश करता है कि मैं दूसरे लोगों से धन्यवाद और आभार की अपेक्षा रखूं और वे मुझे एक बेमिसाल व्यक्ति मानें। यह मुझे कहता है कि इतने सारे लोगों की सहायता करना या उन्हें कुछ देना मेरे बस की बात नहीं है या मैं दूसरों के लिए ऐसा कुछ नहीं कर सकता; जो कि मेरा उच्च भाव करना चाहता है।

अहं मुझसे कहता है, "तुम इतने उदार कैसे बन सकते हो, वेन! तुमने तो कड़े परिश्रम से यह सब कमाया है। तुम्हें होटल में शौचालयों की सफ़ाई करने वाली महिला को इतना पैसा नहीं देना चाहिए था, उसके लिए तो एक-दो डॉलर ही काफ़ी थे। जरा ठहरो और पहले अपने बारे में सोचो।" अहं की ओर से लगातार यही संदेश मिलते रहते हैं। मैं कई बार कल्पना करता हूं कि मैंने अहं को एक डिब्बे में बंद कर दिया और मैं स्वयं उस पर चढ़कर बैठ गया हूं, ताकि वह मुझे दोबारा जीवन के लिए मेरी वचनबद्धता से परे न ले जा सके या जीवन के उस अर्थ के अभ्यास से न रोक सके, जिसे मैंने मदर टेरेसा से सीखा था – "प्यार को कर्म का रूप

दिया ही जाना चाहिए और वह कर्म है सेवा।" मैं स्वयं को याद दिलाता हूं कि यदि मैंने प्यार को अकेला रहने दिया और अपने पर ही केंद्रित रहने दिया तो इसके कोई मायने नहीं रह जाएंगे।

मुझे आज भी रामदास की बातें याद हैं, उसने मुझसे कहा था कि उसने अपने अहं को परे झटक कर, अपने माता-पिता, विमाता, एड्स व कैंसर रोगियों की जो बरसों सेवा की, वे उसके जीवन के सबसे भरपूर और सार्थक दौर थे। वह अपने पिता को बिस्तर से शौचालय तक ले जाता, उनके शरीर को धो-पोंछ कर आराम देता, उसने कभी इस काम को भार नहीं माना। वास्तव में, मेरा मित्र इसे अपने जीवन का सबसे महान अवसर मानता है। स्वयं को दूसरों की सेवा में समर्पित करने के कारण ही वह जीवन को सही मायनों में अनुभव कर पाया और लाओत्से के इस चौथे सद्गुण के महत्त्व को जाना। हम सभी एक ऐसे जीवन को जीने की आदत डाल सकते हैं, जो पूरी तरह से सेवा पर आधारित हो और उसमें मानवता की सेवा करते समय किसी भी तरह के पुरस्कार या प्रशंसा की अपेक्षा न हो। यह उच्च स्तर पर जागृत लोगों की विशेषताओं में से एक है।

ज़रा ध्यान दें कि प्रकृति कैसे काम करती है – सागर असीम बलशाली होने पर भी नीचे ही रहता है। ऐसा इसलिए है कि अंततः सभी नदियां और नाले इसी में आकर मिलते हैं। जैसे कि ताओ ते चिंग में हमें याद दिलाया गया है –

सागर को सौ सोतों-झरनों का राजा क्यों कहा गया है?
क्योंकि यह उनसे नीचे बहता है।
अतः जो लोग दूसरों पर किसी भी प्रकार के पद
की इच्छा रखते हैं, उन्हें सदा विनम्रतापूर्वक पेश आना चाहिए।

पके फलों से लदे वृक्ष नीचे झुक जाते हैं, वर्षा वाले बादल भी नीचे झुक जाते हैं और भले नेता भी विनम्रता से अभिवादन करते हैं। यही ज्ञान व उद्देश्य का तरीक़ा है। यदि आप विनम्रता का अभ्यास करते हैं, तो अहं को एक सशक्त संदेश मिलता है कि हम अपने जीवन का महत्त्व और उद्देश्य पाना चाहते हैं और उन चार सद्गुणों को साथ लेकर जीने जा रहे हैं।

वे चार सद्गुण कोई बाहरी आडंबर मात्र नहीं हैं
वे तो आपकी मूल प्रकृति का एक अंग हैं।
यदि अभ्यास किया जाए तो ये बुद्धिमत्ता को जन्म देते हैं
और पांच प्रकार के आशीर्वाद प्रदान करते हैं –
स्वास्थ्य, संपदा, प्रसन्नता, दीर्घायु व शांति।

ये गुण या विशेषताएं उन लोगों का वर्णन करते हैं, जो अपने झूठे अहं से ऊपर उठ गए हैं और अर्थ से परिपूर्ण जीवन जी रहे हैं। वे स्वयं को इस तरह के प्रश्नों से घिरा नहीं पाते, यदि मेरा सारा जीवन ही ग़लत हो गया, तो क्या होगा? वे स्वयं को एक उच्चतम स्तर तक ले जा चुके हैं।

महत्त्वाकांक्षा से उद्देश्य मार्ग की ओर वापसी

एक अद्भुत तुर्की कहावत है, जो 'लक्ष्य-प्राप्ति' के संदेश को बड़े ही अच्छे तरीके से प्रस्तुत करती है – "भले ही आप किसी ग़लत राह पर कितना भी आगे क्यों न निकल गए हों, वापिस आ जाएं।" इससे कोई अंतर नहीं पड़ता कि हम अपने झूठे स्व के बहकावे में आकर कितना भी दूर क्यों न आ गए हों, जब हम जान जाते हैं कि वह रास्ता हमें उद्देश्य और महत्त्व की ओर नहीं ले जा रहा तो

हम उसी समय उससे वापिस मुड़ सकते हैं। जैसे ही हमें अंदाजा हो जाए कि हमारे जीवन में अर्थ का अभाव है, तो जान लें कि आत्मा की ओर वापसी करने का सही वक़्त आ गया है।

जब हम सार्थक और उद्देश्यपूर्ण अर्थ की ओर बढ़ें, तो इन तीन बातों पर ध्यान देना बहुत महत्त्व रखता है –

1. हक़दारी से विनम्रता की ओर परिवर्तन

यह अहं की सोच प्रक्रिया से एक महत्त्वपूर्ण परिवर्तन होगा, जो कहता है कि हर चीज़ के हक़दार हैं; भले ही पूरे ग्रह या दूसरों पर उसका कोई भी प्रभाव क्यों न पड़ रहा हो। तथ्य यही है कि हम किसी भी चीज़ के अधिकारी नहीं हैं। इस तरह अहं का 'पहले मैं' और स्वयं को महत्त्व देने का भाव हमें सदा कुंठित बनाए रखता है। इस प्रकार की सोच से पूरे संसार के लिए मन में गुस्सा पैदा होता है और इसमें रहने वाले लोग भी अच्छे नहीं लगते।

एक तरह का अधिकार भाव, आपकी सोच में भेदभाव पैदा करता है। यह भाव दूसरों की देखरेख न करने, आत्मकेंद्रित रहने और केवल अपने बारे में सोचने से संबंध रखता है। जब अहं के चंगुल में फंस जाएं तो हमें स्वयं भी उन दिशा-निर्देशों का पालन करना चाहिए, जो हम अक्सर बिगड़े हुए नौजवानों और अहं के नशे में चूर बालकों को देते हैं "अपने बारे में सोचने से पहले दूसरों के बारे में सोचो।" "दूसरों से वैसा ही व्यवहार करो, जैसा तुम उनसे अपने लिए चाहते हो।" और इसी तरह के दूसरे परामर्श भी हमारे लिए लाभदायक हो सकते हैं, क्योंकि महत्त्वाकांक्षा से अर्थ की इस यात्रा में ये बहुत काम आते हैं। हमें ये बचकाना विचार अपने मन से निकाल देना चाहिए

कि संसार हमारा ऋणी है। जॉन एफ केनेडी के शब्दों को याद करें – "यह न पूछें कि देश आपके लिए क्या कर सकता है, बल्कि पूछें कि आप देश के लिए क्या कर सकते हैं?" यह विचार आपको अधिकार जताने से विनम्रता की ओर ले जाने में सहायक होगा। यहां आकर हम स्व-केंद्रित होने के स्थान पर ईश्वर से साक्षात्कार करने वाली स्थिति में आ जाते हैं।

विनयशीलता की ओर जाने का अर्थ यह नहीं होगा कि हम स्वयं को कमजोर या नीचा बना दें, इसका अर्थ होगा कि हम अपने से पहले दूसरों को सेवा देने के बारे में सोचें। विनम्रता सेवा का ही एक रूप है, जो उद्देश्य भाव को पोषण देता है और हमारे जीवन को महत्त्व के नए आयाम देता है। जब भी हमें ऐसा लगा कि हम अपनी हक़दारी के बारे में सोच रहे हैं, तो स्वयं को तत्काल याद दिला दें कि हम ग़लत रास्ते पर जा रहे हैं। तब हम विनम्रता की ओर लौटने का मार्ग पा सकते हैं और ज्ञान के अनुभव को पा सकते हैं।

जब हम स्वयं से पूछते हैं, "मैं किसी दूसरे से कहीं अधिक हक़दारी की मांग कैसे रख सकता हूं, जबकि मेरा इतना हक़ नहीं है?" तो इस तरह हमारे मन से यह भाव निकल जाएगा, चाहे वह पल भर के लिए ही क्यों न हो।

उद्देश्य विनम्रता के अभ्यास से पोषित होता है; यह हमारे अधिकारों से जुड़े भावों में नहीं फलता-फूलता।

2. नियंत्रण से विश्वास की ओर परिवर्तन

यदि हम सभी अपने प्रति ईमानदार रहें, तो हममें से प्रत्येक मान

सकता है कि हम सभी अहं के उस अंश से जुड़े हैं, जो हमारे जीवन को नियंत्रित करता है और दूसरों के लिए भी ऐसा ही करने का प्रयत्न करता है। चाहे वह परिवार हो, मित्र हों, सहकर्मी हों या फिर अजनबी; अहं निरंतर इसी प्रयत्न में लगा रहता है कि वह ईश्वर को परे धकेल कर सबके भाग्य का नियंता बन जाए। सबको अपने हाथों में नचाए। जब हम एक अलग दिशा में क़दम रखते हैं, तो एहसास होता है कि किसी भी व्यक्ति या परिस्थिति को नियंत्रित करने में कोई सार नहीं है। हम जान जाते हैं कि हमारे झूठे स्व ने दूसरों के जीवन में हस्तक्षेप देने के लिए ही ये खेल रचा है।

मेरे जीवन में भी एक ऐसा समय था, जब मुझे तकरीबन सामाजिक वार्त्ताओं का भार लेना पड़ता था। नियंत्रण से विश्वास की ओर आने का अर्थ है कि अब मैं बातचीत की दिशा में प्रवाहित होता हूं और प्रकट किए जाने वाले मतों को आदर देता हूं। मैं संतुष्ट भाव से बैठ कर दूसरों को निहार सकता हूं, जो झूठे स्व की भूमिका को निभाने में जी-जान से जुटे हैं। जब मेरे बच्चे जीवन में मेरी सोच से परे जाकर कुछ चुनाव करते हैं तो मैं भीतर ही भीतर मुस्कुरा सकता हूं। नियंत्रण से विश्वास की ओर जाने वाले इस बदलाव ने मुझे दूसरों के मामलों में हस्तक्षेप न करना सिखा दिया है।

मित्रों व परिवार के साथ मेरे व्यक्तिगत आदान-प्रदान से परे, कहीं विस्तृत जानकारी में मैं नियंत्रण से अधिक विश्वास रखता हूं। मैं अपने दिल ही दिल में जानता हूं कि ईश्वर पुस्तक लिखते हैं, भाषण देते हैं, और लोगों के बीच संप्रेषण के सेतु बनाते हैं। जब विश्वास नियंत्रण का स्थान ले लेता है, तो ईश्वर को एक ओर कर देने का विचार नहीं भाता। "मैंने जो भी देखा, वह मुझे सिखाता है कि ईश्वर पर उन सभी बातों के लिए भरोसा करूं, जिन्हें मैंने नहीं देखा।" भले ही ये शब्द राल्फ वाल्डो इमरसन ने कहे हों, किंतु मैं

इनसे इस क़दर सहमत हूं कि ये मुझे अपने ही जान पड़ते हैं। मैं पूरी तरह से इस ब्रह्मांड की बुद्धिमत्ता और विवेक पर विश्वास करता हूं और इसके रचनात्मक स्रोत को भी सराहता हूं।

हम विश्वास के भरोसे ही अपनी बुद्धिमत्ता को पहचान देते हैं। हम याद रखते हैं कि हम भी उसी स्रोत से आए हैं और इसलिए हमें भी उसी की तरह होना चाहिए। हम अहं की मांगों के तले पिसने और अपनी झूठी पहचान पर भरोसा करने की बजाय उस स्रोत पर भरोसा कर सकते हैं। भरोसा हमें दूसरों पर काबू पाने की बजाय उन्हें सुनने की सीख देता है। उनकी बात सुनते समय हम अपने अहं को सिर नहीं उठाने देते और यह जानते हैं कि सब कुछ उसी रचनात्मक स्रोत के वश में है। हमारे जीवन के लिए नियंत्रण से ऊपर उठ कर भरोसा करना बहुत महत्त्व रखता है।

इस पुस्तक में मैंने बताने की चेष्टा की है कि मैं उस मार्ग तक कैसे पहुंचा, जो मेरी आत्मा की पुकार से मेल खाता था। मैंने अपने मन की गहराइयों में छिपे स्वर को पहचाना व प्राथमिकता दी, मैंने उस अहं को वहीं दबा दिया, जो कहता था कि मुझे पुस्तकें लिख-लिख कर बहुत सा धन और नाम कमाना होगा। मैंने अपनी अंतरात्मा के स्वर पर विश्वास किया और जीवन में एक बड़ा परिवर्तन लाने में सफल रहा। मैं मनोविज्ञान पर पुस्तक लेखन की बजाय एक नए आध्यात्मिक केंद्र से जीवन जीने लगा। अहं की महत्त्वाकांक्षा से परे यह बदलाव मुझे ज्ञान के नए मार्ग पर ले गया, जबकि पहले मैं अपने लेखन व वक्ता कैरियर को नियंत्रित करने की धुन में रहता था।

जब आप स्वयं को अहं के नियंत्रण से मुक्त कर देते हैं, तो आप किस पर भरोसा करते हैं? इस मार्ग पर आपको तीन बातों पर ध्यान देना होगा। वे हैं – अपने पर भरोसा रखें, दूसरों पर भरोसा

रखें और उस परमात्मा के अस्तित्व पर भरोसा रखें। यहां उन तीनों का संक्षिप्त वर्णन प्रस्तुत है –

अपने ऊपर विश्वास

इसका आशय होगा कि आप सदा अपनी आत्मा के कहे पर चलें। प्रायः आपकी अंतरात्मा झूठ नहीं बोलती, यह प्रत्येक व्यक्ति में व्यक्तिगत रूप से ही स्वयं को प्रकट करती है, किंतु यह पूरी तरह से विश्वसनीय होती है। महात्मा गांधी इसके विषय में कहते हैं – "सत्य क्या है? प्रश्न कठिन है, किंतु मैंने अपने लिए इसका समाधान पा लिया है। मैं कहता हूं कि आपके भीतर से उठ रही आवाज़ जो भी कहती है, वही सत्य है।"

दूसरों पर विश्वास

इसका आशय होगा कि जहां तक संभव हो सके, दूसरों के मामले में दखलंदाज़ी न करें। प्रत्येक के भीतर भी ब्रह्मांड बसा है; जब आप उन पर भरोसा करने लगते हैं, तो किसी भी तरह के दखल की इच्छा ही नहीं रहती। ताओ ते चिंग में लाओत्से कहते हैं –

क्या आप सोचते हैं कि आप इस पूरे ब्रह्मांड को
वश में कर सुधार सकते हैं?
मैं नहीं मानता कि ऐसा हो सकता है।
इस स्वर्ग के तले प्रत्येक वस्तु और व्यक्ति एक पवित्र पात्र है
जिसे नियंत्रित नहीं किया जा सकता।
यदि नियंत्रित करना चाहा तो वह नष्ट हो जाएगा।
यदि उसे पकड़ना चाहा तो हम उसे खो देंगे।
– अस्तित्व के स्रोत पर विश्वास करो।

इसका मतलब है कि आप सृष्टि के रहस्य पर भरोसा रखते हैं। भले ही सारी सृष्टि का एकमात्र स्रोत अदृश्य ही क्यों न हो, वह उसी प्रकार आपका मार्गदर्शन करता है, जिस प्रकार उसने मां की कोख में आपका विकास किया था। जब आप दैवी बुद्धिमत्ता और विवेक पर विश्वास रखते हैं, तो आप ज्ञान की ओर आने वाले इस बदलाव को निमंत्रित करते हुए अपना सहयोग देते हैं।

3. मोह-माया छोड़ देने के भाव का परिवर्तन

संभवतः मेरे जीवन के महत्त्वपूर्ण पाठों में से एक इन शब्दों के आसपास घूमता है – "छोड़ दें और ईश्वर को उसका कार्य करने दें।" यह हमें सिखाता है कि हमें अहं व भय से ऊपर उठना है। हम सबके लिए जीवन की सुबह के दौरान सबसे अहम लगाव यही होता है कि हमें सही ठहराया जाए। अहं को सबसे अधिक लगाव इसी बात से है कि उसे सही माना जाए। तभी तो सब कुछ छोड़ देने का यह अभ्यास और भी मायने रखता है।

मैं कह सकता हूं कि इस पुस्तक को पढ़ने वाले अधिकतर लोग, कभी-न-कभी किन्हीं छोटी बातों पर उलझने के बाद बहसों में पड़ कर क्रोध का शिकार हुए होंगे। वहां केवल एक ही आवश्यकता सबसे बड़ी रही होगी; स्वयं को सही साबित करने की चेष्टा! आज जब हम पीछे मुड़ कर देखते हैं, तो पाते हैं कि हमारे में इस बात के लिए बड़ा भय था कि कहीं हमें ग़लत न ठहरा दिया जाए, यह भाव इतना प्रबल था कि दूसरे व्यक्ति का मत भी इस अनचाहे भाव को जगा सकता था। अहं की रणनीति यही रहती है कि भले जो भी हो जाए, उसे तो सही ही साबित होना है; यही कुचाल हमें बड़ी ही सफलता से हमारे महती उद्देश्य से परे ले जाती है। यदि

आप सब कुछ उस पर छोड़ दें, तो बाकी सब कुछ अपने-आप ही सहज होता जाता है।

सब कुछ छोड़ दें व ईश्वर को सौंप दें; यह चुनाव करने के बाद आपके मन से स्वयं को हमेशा सही साबित करने की इच्छा जाती रहती है। यहां इसे इन शब्दों में सादे तरीक़े से प्रकट कर सकते हैं – तुम उस बारे में ठीक हो पर यह भी ध्यान रखो कि यहां दयालुता और ईमानदारी भी अनिवार्य हैं। वे चार शब्द धीरे-धीरे एक ऐसे प्रवेश बिंदु तक ले जाएंगे, जो आपको सब कुछ ईश्वर पर छोड़ देने के भाव की ओर ले जाएंगे, ताकि आप जीवन के महत्त्व को जान सकें।

अहं के लगाव को तोड़ने का एक अभ्यास यह भी हो सकता है कि आप अपने गैराज, अलमारियों व दराजों से सामान निकालते रहें। अपनी संग्रह की गई वस्तुएं दूसरों को दें और उनका मोह त्याग दें। यदि आपने पिछले बारह महीनों से उनका प्रयोग नहीं किया तो जान लें कि वे किसी दूसरे से संबंध रखती हैं। हम स्वयं को उनमें से एक बनाने के लिए प्रशिक्षित कर सकते हैं; जिनके बारे में जोल गोल्ड स्मिथ ने अपनी पुस्तक 'ए पैरनथीसिस इन एटरनिटी : लिविंग द मिस्टिकल लाइफ' में लिखा है –

> और फिर ऐसे भी लोग होते हैं, जो ऐसी अवस्था में पहुंच जाते हैं; जहां आने के बाद उन्हें एहसास होता है कि वे जिन नाशवान वस्तुओं के लिए निरंतर संघर्षरत व प्रयासरत रहे, वे तो व्यर्थ थीं, जब वे मिल गईं तो केवल छाया ही साबित हुईं। यही अवस्था होती है जब कुछ लोग इन वस्तुओं का मोह त्याग कर ईश्वर को पाने की ओर चल देते हैं।

अधिक से अधिक पाने की धारणा के फलस्वरूप ही तनाव जन्म लेता है, क्योंकि अहं लगातार ढिठाई के साथ यह मानने से इनकार करता रहता है कि हमें कुछ नहीं चाहिए। जैसे ही हम बदलाव लाते हैं, तो अहं का प्रभाव फीका पड़ जाता है। हम मोह के स्थान पर संतोष को अपनाते हैं। लगातार पीछा करना और उसे पाने के लिए प्रयत्न करना – फिर उस वस्तु के मोह में पड़ जाना – महत्त्वाकांक्षा इसी प्रकार के स्रोत को जन्म देती है, जबकि इससे हमारे आत्मिक स्तर पर अर्थ को पाने की आवश्यकता पूरी नहीं होती। हम जिस भी वस्तु को पाने के लिए व्यस्त रहते हैं, अंततः वह हमें हमारे ही मूल स्वभाव से दूर ले जाती है। हमारे सभी मोह और लगाव नाशवान हैं। गोल्ड स्मिथ के शब्दों में वे सभी छायामात्र हैं।

हम अपने सच्चे रूप की दिशा में अग्रसर हो रहे हैं; इस 'ज्ञान' से जुड़े अध्याय में आए सभी बदलाव हमारे प्राकृतिक अस्तित्व से संबंध रखते हैं। नए रवैयों से मन को ख़ुशी मिलती है और हम लक्ष्य करते हैं कि हमारे अस्तित्व पर कब्जा जमा कर बैठने वाले अहं से भरपूर मांगें अब हमें नहीं सुहातीं। अर्थ ने अहं की महत्त्वाकांक्षा को वश में कर लिया है।

चार प्रधान सद्गुणों के साथ जीते हुए और विनम्रता, विश्वास व सब कुछ उस पर छोड़ देने के भाव सहित; हम फिर से अपने मूल स्वभाव या प्रकृति की ओर लौट रहे हैं। ज्ञान से भरपूर जीवन अब अधिक दूर नहीं है।

मैं सर लॉरेंस वान डेर पोस्ट के शब्दों के साथ इस पुस्तक का अंत करना चाहूंगा, जो उन्होंने अफ्रीकी बुशमैन की दो प्रकार

की भूख के किस्से और जीवन में अर्थ व उद्देश्य से उसके संबंध के बारे में लिखे हैं; यही पंक्तियां पुस्तक परिचय के आरंभ में भी दी गई थीं। मेरे लिए ये पंक्तियां अनेक स्तरों पर विशेष रूप से प्रतीकात्मक हैं। इन्हें 'लक्ष-प्राप्ति' के साथ समायोजित करते हुए फिर से पढ़ें, और जानें कि हममें से प्रत्येक अपने जीवन में पाए गए अर्थ के लिए उत्तरदायी होता है।

कालाहारी के बुशमैन दो तरह की 'भूख'
के बारे में बात करते हैं। वे कहते हैं
कि एक बड़ी भूख और एक छोटी भूख होती है
छोटी भूख पेट के लिए भोजन चाहती है,
किंतु बड़ी भूख सारी भूखों में से बड़ी है,
वह है एक अर्थ पाने की भूख...
केवल एक ही चीज़ ऐसी है जो मनुष्यों को
काफी गहराई से कड़वाहट का उपहार दे सकती है
वह है... उन्हें एक अर्थहीन जीवन जीने के लिए दे दिया जाए...
प्रसन्नता की तलाश करने में कोई बुराई नहीं है...
किंतु आत्मा के लिए थोड़ा चैन और शांति
उस प्रसन्नता या अप्रसन्नता से कहीं बड़े होंगे...
और वही ज्ञान है... क्योंकि उद्देश्य
में ही सब समाया है... जब आप कुछ ऐसा करते हैं,
जो आपके लिए मायने रखता है
तो इस बात से कोई अंतर नहीं पड़ता...

कि आप प्रसन्न हैं या अप्रसन्न...
आप संतुष्ट हैं – आप अपनी आत्मा में
अकेले नहीं हैं – आप कैसे संबंध रखते हैं।

(सर लारेंस वैन डेर पोस्ट, धीरे से तेज़*,
मिकी लेमले की फ़िल्म से साभार)

× × ×

* Hasten Slowly

आभार

मैं मिकी लेमले के प्रति आभार प्रकट करता हूं कि उन्होंने मुझे हेस्टन सलोली : द जर्नी ऑफ सर लारेंस वैन डेर पोस्ट से सामग्री लेने की अनुमति दी। कृपया अधिक जानकारी पाने के लिए –

www.lemlepictures.com पर संपर्क करें।

कोटेशनरी के लेखक लिओनार्ड फ्रेंक विशेष धन्यवाद के अधिकारी हैं, जिन्होंने कोटेशंस का ऐसा संग्रह बनाया, जो बरसों से मुझे प्रेरणा देता आ रहा है।

ताओ ते चिंग के कथन जो मैंने अन्य पुस्तकों या इस प्राचीन पवित्र ग्रंथ पर अपनी व्याख्या प्रस्तुत करने वाली पुस्तक – 'बदलें विचार, बदलेगा जीवन' से लिए हैं; उन सबके लिए मैं दिल से आभार प्रकट करता हूं।

जहां भी संभव हो सका सभी स्रोतों को उनका श्रेय देने का पूरा प्रयत्न किया गया है। यदि कोई अतिरिक्त जानकारी चाहता हो तो उसके लिए इस पते पर संपर्क करें –

एस. लिटरल, परमीशंस डिपार्टमेंट,
हे हाउस, इंक, पी.ओ. बॉक्स-5100,
कार्ल्सबड, सी ए, 92018-5100।

यदि कोई त्रुटि पाई गई तो उसे आगामी संस्करण में सुधार दिया जाएगा।